DU MÊME AUTEUR

LA FILLE D'UN HÉROS DE L'UNION SOVIÉTIQUE, Éditions Robert Laffont, 1990 (Folio n° 2884).

CONFESSION D'UN PORTE-DRAPEAU DÉCHU, Éditions Belfond, 1992 (Folio n° 2883).

AU TEMPS DU FLEUVE AMOUR, Éditions du Félin, 1994 (Folio n° 2885).

LE TESTAMENT FRANÇAIS, Mercure de France, 1995. Prix Goncourt, Prix Médicis ex-æquo et Prix Goncourt des lycéens (Folio n° 2934).

LE CRIME D'OLGA ARBÉLINA, Mercure de France, 1998 (Folio n° 3366).

REQUIEM POUR L'EST, Mercure de France, 2000 (Folio n° 3587).

LA MUSIQUE D'UNE VIE, Seuil, 2001. Grand Prix RTL-Lire (Points Seuil n° 982).

LA TERRE ET LE CIEL
DE JACQUES DORME

Andreï Makine

LA TERRE ET LE CIEL DE JACQUES DORME

ROMAN

LE GRAND LIVRE DU MOIS

Pour Carole et Laurent

I

Le temps de vivre ensemble sera si bref que tout leur arrivera pour la première et la dernière fois.

Au début de la nuit, dans la violence de l'amour, il a rompu le fil du vieux collier qu'elle n'enlevait jamais. Les petites perles d'ambre ont criblé le plancher et la pluie qui s'est mise à tomber a d'abord imité cette fine mitraille, puis s'en est détachée, devenant averse, trombes d'eau, enfin une lame de fond inondant la pièce. Après une journée de fournaise et le vent sec qui crissait comme des ailes d'insectes, cette vague atteint leurs corps nus, remplit les draps de la senteur humide des feuilles, de la fraîcheur âpre des plaines. Le mur, face au lit, n'existe pas, juste les cassures des rondins carbonisés, ravages de l'incendie d'il y a deux semaines. Derrière l'embrasure, le ciel d'orage gonfle pesamment sa chair violette, résineuse. Le premier et le dernier orage de mai dans leur vie commune.

Elle se lève, tire la table vers le coin le plus à l'abri du déluge, puis s'arrête près du mur défoncé. Il se redresse, va la rejoindre, l'encercle de ses bras, la bouche enfouie dans ses cheveux, le regard perdu dans le bouillonnement noir derrière la brèche. Le vent, en un long tissu trempé, colle à leur peau, l'homme frissonne et murmure à l'oreille de la femme : « Toi, tu n'as jamais froid... » Elle rit doucement : « Ça fait plus de vingt ans que je suis dans ces steppes. Et toi... Un an ? C'est ça... Tu vas t'y faire, tu verras... »

Un convoi secoue lourdement les rails, tout près de la maison. Le soufflement de la locomotive perce dans le noir, à travers la pluie. La masse des wagons s'immobilise sous les fenêtres, le faisceau d'une lampe raye la pièce. L'homme et la femme se taisent, serrés l'un contre l'autre. Du train monte un mélange de voix sifflantes, de plaintes, un long râle de douleur. Des blessés irrécupérables pour le front et qu'on évacue vers les profondeurs du pays. Il est étrange de sentir son propre corps si vivant et encore remué de plaisir. Ces épaules féminines dans la caresse des doigts, la pulsation lente, chaude du sang, là, au creux de la hanche. Et sous le pied, le glissement d'une perle d'ambre. Et la pensée que demain il faudra les ramasser toutes, réparer le collier...

Le plus stupéfiant est de penser à cette journée de demain, à cette chasse aux billes. Dans cette maison à une centaine de kilomètres à peine de la ligne du front, dans ce pays, étranger pour la femme et encore plus étranger pour l'homme... Sous les fenêtres, le convoi s'ébranle, se met à cadencer son tambourinement d'acier. Ils suivent l'effacement des secousses derrière le ruissellement de la pluie. Le corps de la femme est brûlant. « Plus de vingt ans dans ces steppes... », se souvient l'homme et il sourit dans l'obscurité. Depuis leur rencontre, avant-hier, il a eu le temps de lui raconter ce qui s'est passé en France durant cette vingtaine d'années. Comme s'il était possible de se souvenir de tout, comme s'il pouvait énumérer tous les événements, un an après l'autre, à partir de 1921 et jusqu'en juin 1940 où il a quitté le pays...

La pluie rebondit sur le plancher, ils sentent un voile d'humidité sur leur visage. « Tu crois qu'il pourra vraiment s'imposer ? murmure-t-elle. Sans armée, sans argent. On a beau être un général... » Il ne répond pas tout de suite, saisi par l'étrangeté de ces minutes : une femme qui depuis tant d'années ne s'est pas entendu appeler par son vrai prénom (« Choura », disent les gens d'ici quand ils s'adressent à elle, Choura ou, parfois, Alexandra), lui-même devenu un pilote russe, cette maison éventrée par une explosion, cette bourgade au bord d'un grand fleuve, au milieu des steppes où se prépare une gigantesque bataille...

Un oiseau effrayé par l'orage se jette dans la pièce, trace à travers l'obscurité un vol saccadé, s'échappe par la brèche.

« C'est vrai, il a très peu de gens autour de lui, murmure l'homme, et puis les Anglais, je ne sais pas si on peut compter sur eux... Mais tu sais, c'est comme dans un combat aérien, ce n'est pas toujours le nombre d'appareils qui décide, ni même leur qualité, c'est... Comment te dire ? C'est l'air. Oui, l'air. Tu sens parfois que l'air te porte, joue en ta faveur. L'air ou le ciel. Il faut seulement y croire très fort. Pour lui aussi c'est le ciel qui va jouer plus que tout le reste... Et il y croit. »

En route, j'ai souvent refait le calcul des années qui me séparaient des deux amants.

« Cinquante ans, à quelques mois près... », me dis-je de nouveau, en suivant derrière le hublot de l'avion la monotonie des heures nocturnes au-dessus de la Sibérie. Cinquante ans... Le chiffre devrait m'impressionner. Mais au lieu de l'ébahissement, le sentiment très vif de la présence de ces deux êtres en moi, de leur profonde appartenance à ce que je suis.

Dehors, on ne peut marcher qu'en enfonçant une pique ou un bâton de ski dans la carapace de neige balayée par le blizzard. À l'intérieur, dans la longue salle à manger de l'isba, le poêle en acier est rouge. L'air sent l'écorce brûlée, le tabac brun, l'alcool à quatre-vingt-dix degrés coupé de sirop de canneberge. Je suis arrivé il y a à peine une heure, le but est atteint, je suis là, dans la maison qu'on appelle le Bord. (« C'est au bord, m'a dit un autochtone en indiquant le chemin. — Au bord de quoi ? — Au Bord tout court, c'est comme ça qu'on l'appelle, c'est la dernière maison, tu verras, il y a là-bas un terrain pour hélicoptères. Enfin, maintenant, dans le blizzard, tu ne verras rien. Surtout ne lâche jamais le câble ! ») Je me suis mis à marcher, courbé en deux sous les rafales, mon sac ballotté sur mon dos, une main serrant un vieux bâton de ski, l'autre glissant sur une grosse corde tendue d'une maison à la suivante.

À présent, dans la chaleur de cette cuisine, il ne me reste plus qu'à laisser se calmer le tangage imprimé dans mon corps par la route. Plusieurs jours de train, puis l'avion, enfin ce terrible engin à chenilles qui m'a amené ici à travers les déserts de glace. Et la dernière étape : cette avancée interminable le long du câble enrobé de givre, un pénible piétinement jusqu'au Bord. Au bord de quoi ? Au bord de tout. De la terre habitée, de l'Arctique, de la nuit polaire. Le câble s'arrêtait là, cloué aux rondins de la dernière maison.

Je parviens à bouger les pieds dans mes bottes. Mes mains, les phalanges des doigts revivent, obéissent, je serre la tasse sans la renverser comme tout à l'heure. « Le but est atteint », me dis-je en souriant. Je suis dans les lieux que Jacques Dorme a jadis survolés. Demain je verrai l'endroit où s'est brisée une vie que je porte en moi depuis l'enfance. Sa vie et celle de la femme qui l'avait aimé. Dans la somnolence bienheureuse de mon épuisement, ces vies anciennes s'animent derrière mes paupières, ressuscitent le récit d'une journée, une ville, le souvenir imaginé d'une nuit. De cette nuit où la pluie avait imité le staccato des perles d'ambre...

« Écoute, ami, tu la connais, cette histoire du jeune Moscovite, un peu comme toi, qui vient pour la première fois dans la taïga de Yakoutie ? Attends, je vais te la raconter... »

C'est l'un de mes hôtes qui parle. Ils sont trois dans la

maison du Bord. Ces deux géologues qui, en me serrant la main, avaient répété dans une coïncidence cocasse le même prénom : Lev. Deux Léon, deux lions, me suis-je dit en cachant un sourire. Le premier, grand et large d'épaules, a deviné sans doute ma pensée et a voulu préciser : « Non, le vrai lion, c'est moi. Lui, c'est un lionceau... » Le second, petit et au visage tavelé d'engelures, s'est écrié : « Tu la fermes, Trotski ! » J'ai bu avec eux un verre de bienvenue, cet inhumain breuvage, l'alcool à peine adouci par la canneberge, puis avec une facilité presque magique j'ai réussi à me faire accepter pour leur expédition de demain. « Mais bien sûr, ami, on n'a qu'à dire deux mots au pilote, et c'est comme si c'était fait. Il t'amènera où tu veux pendant qu'on fait péter la montagne. » J'ai tiré de mon sac une bouteille de cognac que j'avais apportée de Paris, on l'a versée dans trois gros verres à facettes. Ils ont bu, se sont regardés, l'air dubitatif. La coutume russe interdit de critiquer la chose offerte. « Il est... bon, a conclu le grand Lev. — Oui, pas mal, a confirmé le petit Lev. C'est comme ce vin qu'on donne à l'église. Les femmes doivent aimer. Valia, tu veux un petit verre ? »

Valia, la cuisinière, a secoué la tête pour refuser. Les bras blancs de farine jusqu'aux coudes, elle pétrissait la pâte sur une grande table à l'autre bout de la pièce. Une femme démesurée : une lourde et ronde poitrine qui bombait son gros pull, une croupe large qui, sur un tabouret, recouvrait complètement le siège. Les yeux bridés comme ceux des Yakoutes mais la peau très blanche, une puissance charnelle faisant penser aux femmes d'Ukraine. « Quel homme pourrait aborder une telle géante ? » ai-je pensé avec un effroi admiratif.

J'écoute à présent l'histoire déjà entamée que raconte le petit Lev.

« ... Et donc il débarque de Moscou, en pleine taïga, il ne connaît rien, mais il est un peu comme vous tous, plein de zèle. Et les vieux Sibériens lui disent tout de suite : "Si tu veux être des nôtres, tu dois faire trois choses : premièrement, boire une bouteille de vodka cul sec, deuxièmement, sauter une femme yakoute, et troisièmement, aller dans la taïga serrer la patte à une ourse." Alors, notre bonhomme s'excite, saisit une bouteille et hop, cul sec ! Et puis, il court dans la taïga. Une heure après, il revient tout écorché et crie à tue-tête : "Bon, montrez-moi une femme yakoute, je vais lui serrer la patte !" Ha, ha, ha... »

Ils rient à s'étrangler, moi aussi par contagion et surtout devant la drôlerie de la pantomime que le petit Lev se met à jouer : un jeune néophyte avale un demi-litre d'alcool et court dans la taïga où il viole une ourse. Valia vient à ce moment en apportant un plateau de pommes de terre fumantes. Le petit Lev, en pleine agitation théâtrale, se jette vers elle, l'aborde par-derrière, ses mains enlaçant les hanches de la femme, le menton piquant dans son large dos. Une ourse attaquée par le naïf Moscovite. Elle se retourne, le sourire aux lèvres, mais les yeux lançant des flammes : comment ce nain ose-t-il ? Sa main s'abat sur la tête de Lev exactement comme ferait la patte d'une ourse, avec une puissance débonnaire. L'homme, le visage poudré de farine, est projeté contre le mur.

La nuit, le sifflement du blizzard devient l'unique fond pour tous les autres bruits : le ronflement des Lev, le craquement du bois dans le poêle et, de temps en temps, le crissement d'une page. Dans la pièce voisine, Valia lit le gros livre que j'ai vu, en arrivant, posé sur l'appui d'une fenêtre. Un de ces romans des années soixante où l'amour se vivait à l'ombre d'immenses centrales électriques en construction, de la taïga conquise, des exploits distingués par la mère patrie. Une fiction pas trop éloignée, en fait, de la vie de cette femme ou de ses rêves, qui sait ? Je ne remarque pas à quel moment elle éteint la lumière.

Vers le milieu de la nuit, le fouettement des rafales efface tout ce que l'oreille pourrait encore entendre. J'imagine le minuscule point de ma présence dans cet endroit du globe. Quel repère trouver ? La frange glacée de l'océan Arctique ? Le détroit de Béring ? Le pic de la Victoire, haut de trois mille mètres, à l'ouest de cette maison ?

Je me dis que finalement rien ne localise mieux, pour moi, cette contrée que le souvenir de la vie de Jacques Dorme.

L'histoire de Jacques Dorme m'accompagna tout au long de mon voyage. Elle estompait par son intensité telle ville que je traversais, telle gare, m'isolait au milieu des foules. De Paris j'allai à Varsovie, parvins sans difficulté jusqu'en Ukraine (qui venait de proclamer son indépendance), restai bloqué plusieurs heures à la toute nouvelle frontière avec la Russie. Les mots de « frontière », de « visa » prononcés devant un petit baraquement noirci de neige mouillée semblaient sortir d'un récit satirique de Tchekhov. Tout comme l'uniforme des gardes-frontière, d'une coupe étrangement efféminée, et les aigles sur leur chapka, dorure de pacotille faisant penser aux arbres de Noël. Et plus encore les papiers que je leur présentais. Ce passeport d'apatride qui m'autorisait à me rendre « dans tout pays, sauf URSS ». L'URSS n'existait plus et cette interdiction prenait un sens troublant, quasi métaphysique. Mal plastifié par un vieil Algérien de Barbès, le document avait souffert de l'humidité et son fin carton gondolé, aux tampons flous, ne pouvait qu'inciter à la méfiance. C'est avec compassion pour ma naïveté qu'un camionneur finit par m'indiquer l'équivalent d'alcool exigé pour le passage. J'emportais deux bouteilles de cognac. Une seule, selon lui, devait suffire. Une bouteille plate que le chef du poste glissa dans la poche de sa capote, avant de souffler sur un petit tampon indigo.

C'était mon premier retour en Russie et je revenais en clandestin. L'étrangeté de ma venue s'effaça d'ailleurs rapidement derrière la bizarrerie, tantôt comique tantôt pénible, du nouvel état des choses. Ce monument, dans une ville ukrainienne, deux personnages se serrant la main et la légende en lettres d'or : « Vive l'union de l'Ukraine et de... » La suite (« ... la Russie ») avait été arrachée. Mon « visa » payé avec une bouteille de cognac. Puis, un soir, à Moscou, un attroupement d'hommes derrière le bâtiment laid d'un restaurant. Ils piétinaient dans la neige boueuse du début de mars, souriaient, se jetaient des clins d'œil, mais les sourires étaient crispés, les regards figés sur deux grandes fenêtres ouvertes du rez-de-chaussée. À l'intérieur, dans le halo fluorescent, on voyait un mur au carrelage blanc, deux miroirs, un sèche-mains qui vrombissait dans le vide. Une femme apparut devant un miroir, déboutonna son manteau et, sans se soucier de la présence des spectateurs, exposa la blancheur nue de son corps. Elle pivota même légèrement sur ses talons hauts, laissant voir des seins très pleins aux mamelons bruns, le triangle rebondi du ventre. Une autre hissa son pied sur le rebord du mur et se mit à tirer la fermeture de sa botte. Sous une minijupe, sa jambe se découvrit jusqu'à la hanche, une large cuisse serrée dans un collant rouge... Ce défilé improvisé par les prostituées dans les toilettes d'un restaurant témoignait d'une libéralisation indéniable. Moins d'hypocrisie qu'avant, plus d'imagination. « Un progrès... », pensai-je en reprenant ma marche.

Je le répéterais, deux jours plus tard, dans une grande ville sur la Volga. Pour tuer le temps avant mon train, je me laissai happer par la foule et me retrouvai dans ce parc. Au milieu des kiosques peinturlurés, se déroulaient de bruyantes festivités, une quelconque « fête de la ville » ou tout simplement, un beau dimanche, l'abondance du soleil réverbéré par la neige tombée la veille. Je marchais, en trébuchant sur les congères, enivré par la fraîcheur acidulée des neiges, par la fusion avec les rires, les regards, les paroles que je n'avais plus besoin d'interpréter. Ces retrouvailles ressemblaient à un songe où la compréhension est immédiate et le contact physique, de cœur à cœur, merveilleusement évident. Ivre de soleil et de la joie des autres, j'eus même cette pensée exaltée et benoîtement patriotique : « Ils ont peut-être trois roubles en poche, mais ils rient et festoient comme avant. Un pays en perdition, mais quelle aptitude au bonheur ! En Occident, on aurait... » Abêti par la gaieté, j'allais poursuivre mon analyse comparée de l'âme slave et de l'Occident sans âme quand soudain le bonheur trouva son expression parfaite, condensée dans le visage de cette enfant. Une petite fille de neuf ou dix ans, d'une beauté presque surnaturelle, qui marchait en tenant la main d'une femme, sa grand-mère sans doute. Elles s'arrêtèrent à quelques pas de moi, l'enfant me regarda avec curiosité. Je lui souris. Et soudain, je compris que ce petit visage incroyablement beau était maquillé. Assez discrètement, mais d'une main experte, adulte. Non pas grimé pour la fête foraine, mais transformé en excitant minois de femme-poupée. Je remarquai aussi que le soir commençait à tomber, que les kiosques venaient de fermer. Ma tête résonnait encore de rires et de soleil... Les premiers réverbères tremblotaient d'une lumière mauve. La femme se retourna et me dévisagea d'un œil qui jaugeait. Puis, en caressant le menton de l'enfant, murmura : « La fête est finie, tu n'auras pas tes bonbons... » L'enfant me regardait fixement. Je ravalai au dernier moment le mot qui était déjà sur mes lèvres : « Vous avez une bien jolie petite-fille... » Je pensais avoir deviné le jeu. La femme tira la main de l'enfant, et je les vis se diriger vers le grand hangar en préfabriqué, le « bar à bière ». Derrière mon dos, chuinta dans un soupir dégoûté la discussion de deux vendeuses : « La vieille est revenue avec la petite, tu as vu ? Mais oui, qu'est-ce que tu veux, c'est l'enfant qui la nourrit... Les salauds qui font ça, moi, je les pendrais... »

Je voyais au bout de l'allée les deux silhouettes, grande et petite, qui se découpaient dans l'éclairage du « bar à bière ». Il aurait fallu les rattraper. Leur donner l'argent que j'avais. Prévenir la police. Enlever l'enfant... Mais s'agissait-il vraiment de ce que j'avais cru comprendre ? Le long de l'allée, les abattants des kiosques étaient déjà tous remontés, des rais de lumière filtraient de l'intérieur. On devinait la présence silencieuse des propriétaires. L'obscurité du parc, ces minuscules pavillons, chacun avec son secret, l'enfant maquillée qui venait de me sourire... Je préférai croire à une méprise.

Les seuls endroits où j'eus l'impression d'un véritable retour étaient les couloirs du métro et les passages souterrains transformés en souks de misère. Les vieillards proposaient à la vente des objets qui criaient leur arrachement à un appartement, à une chambre où leur absence formait un vide impossible à combler. Ce n'était pas le joyeux fouillis d'un marché aux puces, mais les vestiges d'existences détruites par les temps nouveaux. Je reconnaissais la faïence usée d'une tasse, la forme du talon de cette paire de chaussures, la marque d'un transistor... Ces débris avaient l'âge de mon enfance. Toute une époque soldée dans ces vieilles mains bleuies par le froid.

Plus que tous les autres changements, plus même que l'étalage obscène de la nouvelle richesse, c'est ce passé humain dispersé qui me frappa. La rapidité fébrile avec laquelle on le faisait disparaître. Ce passé et aussi la beauté de l'enfant maquillée. Mon ignorance de ce qu'on devait faire, dans cette ère nouvelle, pour protéger cette enfant.

La Sibérie me fit oublier ces retrouvailles manquées. Rien ici n'avait encore bougé. Quelques républiques récentes, surgies de la chute de l'empire, avaient juste coloré les cartes géographiques. La terre restait la même : infinie, blanche, indifférente aux rares apparitions d'hommes. Dans la torpeur hivernale, on guettait non pas les derniers soubresauts de l'actualité mais le trait roux du soleil qui allait, dans quelques jours, frôler l'horizon après une longue nuit polaire.

En écoutant les géologues dans l'isba du Bord, je me disais qu'ils venaient de la même époque que ces objets vendus par les vieillards dans les couloirs du métro. Ils vivaient comme si les huit mille kilomètres de neiges qui les séparaient de Moscou avaient retardé la course du temps. Les années soixante ? Soixante-dix ? Tout dans leur façon de vivre, de parler avait vingt ou trente ans de retard. Cette histoire drôle du nouvel arrivant qui viole une ourse... Je l'avais entendue plus d'une fois dans ma jeunesse. Un temps décalé de vingt ans. Non, plutôt un temps à l'écart du temps, une coulée de jours rythmée par le crissement des rafales contre la vitre, par le souffle du feu, par la respiration de ces trois personnes endormies, si différentes et si proches, ces deux hommes aux visages brûlés par l'Arctique, cette grande femme aux yeux bridés qui dort dans la pièce voisine. (Quels sont ses rêves ? Des rêves tout de neige ? Ou bien au contraire, pleins de soleil du Sud ?) Le temps nocturne cadencé par le battement de notre sang, dans le bras replié sous la tête, une pulsation chaude perdue au milieu de l'infini blanc, dans les tréfonds du noir cosmique irisé par la phosphorescence boréale.

Le matin ne vint pas. Je fus réveillé par une tempête qui jeta contre les vitres des brassées de flocons et remplit la maison d'une vibration mate. Il me fallut quelques secondes pour comprendre qu'il s'agissait d'un hélicoptère qui venait de se poser tout à côté du Bord. Derrière la porte de la cantine, je vis la lumière et entendis le cliquètement des assiettes et des tasses en aluminium. Les géologues se levèrent avec précipitation et même, me sembla-t-il, une sorte de panique. Le grand Lev se frotta rageusement le visage sous le robinet. Le petit Lev remonta en hâte le ressort de son rasoir...

La porte céda avec un crissement strident de glace rompue et je crus deviner la raison de leur désarroi. En pénétrant dans la maison, l'homme dut se courber et, quand il s'arrêta au milieu de la pièce, son visage se trouva à la hauteur de l'ampoule qui brillait sous le plafond. Il portait une veste de mouton retourné noire, des bottes en peau de renne. Du haut de sa taille, il observa la pièce, nota le désordre laissé par la beuverie de la veille mais ne dit rien, attendant que les deux Lev viennent à lui. Ce qu'ils firent, en lançant des salutations faussement décontractées, mais l'œil fuyant : « Salut, chef ! Cinq minutes et on est prêts, commandant ! » Le grand Lev paraissait presque petit. Le petit fut obligé de lever le bras pour serrer la main du pilote. L'homme les dévisagea en silence puis attrapa la bouteille de cognac vide. « Je vois que vous êtes prêts depuis hier, dit-il d'une voix basse, semblable à l'embrayage d'un tout-terrain militaire par grand froid. Je vous préviens que si j'entends le moindre hoquet en vol, je vous fiche dehors avec vos pétards... »

La porte de la cuisine s'ouvrit, Valia entra tenant une grande bouilloire qui lâchait un filet de vapeur. Je me rappelai mon étonnement : « Quel homme pourrait lui faire l'amour ? » Son corps sembla retrouver des proportions normales, la présence du pilote la rendait féminine, séduisante même. « Tu mangeras quelque chose ? » lui demanda-t-elle. Il sourit, l'air un peu bourru : « Non, on n'a pas le temps, ils ont annoncé du vent pour la fin de la journée... Donne juste un peu de saumure à ces deux poivrots, sinon ils vont salir l'appareil et la moitié de l'Arctique... » Il secoua la bouteille de cognac et bougonna toujours en souriant : « Et maintenant, voilà qu'ils se soûlent à la gnôle d'importation ! Aristocrates... »

Le petit Lev intervint alors, cherchant la conciliation, une main dirigée vers moi : « Tu sais, chef, cette bouteille, c'est notre camarade de Moscou qui nous l'a apportée. C'est du cognac, mais c'est pas fort du tout ! D'ailleurs, s'il pouvait venir avec nous ce matin, il est journaliste... » La dernière phrase était dite d'une voix décroissante et se perdit dans un bafouillement final.

Le pilote se tourna vers moi, m'enveloppa d'un regard dur mais sans hostilité. « Le camarade moscovite..., murmura-t-il. Vous les faites boire et eux, après, ils se feront péter le cul au lieu de faire sauter la montagne... » Il s'inclina pour passer dans la cuisine et ajouta, déjà par-dessus son épaule comme pour une affaire réglée : « Quant à partir avec nous, désolé, je ne fais pas de visites guidées. »

Le grand Lev lui emboîta le pas, en évitant mon regard. Le petit m'adressa une grimace contrite, les bras écartés dans un geste d'impuissance.

Je sortis. Le jour venait de se lever : une grisaille cendrée permettait de distinguer la ligne des montagnes et, à mes pieds, un arbre nain tendait vers le ciel ses fines branches tordues faisant penser à des fils barbelés. Dans la pénombre, l'hélicoptère brassait une lente voltige de flocons. J'étais à une heure de vol du but de mon périple. Depuis Paris j'avais franchi plus de onze mille kilomètres. L'endroit où reposait l'avion de Jacques Dorme se trouvait là, quelque part au milieu de cette chaîne glacée. Je sentis le froid (moins trente-cinq ? moins quarante ? comme la veille...) me herser le visage, fendiller la vue par des facettes de larmes. Je compris soudain que voir cet endroit était essentiel, que la curiosité d'écrivain n'y était pour rien, que la vie m'avait, secrètement, mené vers ce lieu et que j'aurais vécu autrement sans l'avoir vu.

La porte grinça. Les deux Lev sortirent, chargés de caisses, se dirigèrent vers l'hélicoptère. J'entendis la voix de Valia. Le pilote s'arrêta sur le seuil. Je l'abordai maladroitement, en lui barrant la route : « Écoutez, je pourrais peut-être vous... » Je vis l'expression de ses yeux, je ne terminai pas ma phrase (« vous payer ? »). Il me donna une tape sur l'épaule et conseilla sur un ton plutôt amical : « Je serais vous, j'irais vite au village, il n'y aura pas d'autre tracteur jusqu'au soir... »

C'est alors que, d'une voix presque éteinte, en acceptant l'échec et ne demandant plus rien, je parlai de Jacques Dorme. Je réussis à dire sa vie en quelques phrases brèves, nues. Je me trouvais dans un état d'abattement tel que j'entendais à peine ce que je disais. Et c'est dans cet état seulement que je fus capable d'exprimer toute la douloureuse vérité de cette vie. Un aviateur venu d'un pays lointain rencontre une femme du même pays et, pendant très peu de jours, dans une ville dont il ne restera bientôt que des ruines, ils s'aiment ; puis il part au bout de la terre pour conduire les avions destinés au front, et meurt, en s'écrasant sur un versant de glace, sous le ciel blême du cercle polaire.

Je l'avais dit autrement. Non pas mieux, mais plus brièvement encore, plus près de l'essence de leur amour.

Le pilote lâcha la poignée de la porte et murmura comme dans un effort de mémoire : « Oui, je vois maintenant... C'était ce pont aérien entre l'Alaska et la Sibérie. L'Alsib... Des escadrilles de vrais as. On les a presque oubliés aujourd'hui. Cet avion, c'est pas celui qu'on peut voir dans le Trident ? » J'opinai. Le Trident, une montagne à trois pics...

« Chef, c'est la dernière, on peut partir ! » Le petit Lev descendait le perron, une caisse posée en équilibre sur son épaule.

Le pilote toussota. « Et cette femme, elle était... qui pour vous ? Vous l'avez connue ? » Je parlai très bas, comme s'il n'y avait personne pour m'écouter dans ce désert blanc : « Elle était pour moi comme une sorte de... Oui, comme une mère... »

« Commandant, on est O.K. ! » La voix du grand Lev fut coupée par un claquement de porte.

« Vous avez des papiers sur vous ? » demanda le pilote en se frottant le nez. Je pensai à mon passeport rédigé dans une langue qu'il ne saurait pas lire, à la mention « dans tout pays sauf URSS ».

« Non, c'est que je suis... Non, pas de papiers... » Il hocha la tête, écarta les mains comme pour dire : « Dans ce cas, je ne peux rien pour vous », puis soudain indiqua d'un coup de menton son hélicoptère et soupira en souriant : « Bon, allez, montez ! »

Dans son envol, l'appareil gîta et, l'espace d'un instant, je vis la maison du Bord, la lumière dans la fenêtre de la cuisine. Il me sembla que le pilote aussi regardait cette fenêtre.

Deux ans et demi après ce voyage clandestin, le manuscrit était prêt. Un récit très romancé car, à l'époque, je croyais que seule la fiction pouvait rendre lisible l'invraisemblance du réel.

Il fut refusé par plusieurs éditeurs et entra alors dans cette existence fantomatique mais exaltée que connaissent tous les textes méthodiquement renvoyés : une vie de mort-né ou de revenant, des limbes traversés par des regains d'espoir, par des nuits de relecture fiévreuse, par le dégoût envers l'écrit. L'impression de prêcher dans un désert très peuplé. Une impasse dont le bout s'éloigne à mesure qu'on progresse. Un cul-de-sac infini.

J'étais à mi-chemin de ce parcours quand le recul de l'impasse sembla stopper. Je me retrouvai dans le bureau d'une directrice littéraire, dans l'une des grandes maisons d'édition parisiennes, en train d'écouter des éloges si appuyés que je craignis un piège. Tout était, d'ailleurs, suspect dans ce rendez-vous. Je m'étais attendu à voir un lettré aux cheveux blancs épars, à la toux grasse, aux vêtements macérés dans le tabac, au corps à moitié enfoui sous les manuscrits, une vraie bête de l'édition. Or ce fut une femme, installée avec la grâce d'un lézard derrière une table où ne trônait que mon texte. Petite, brune, les yeux très foncés et brillants, elle était assise sur une chaise haute, à l'ancienne, si dure qu'il fallait utiliser un coussin. Elle avait ce charme énervant que possède, pour un homme, une femme qui n'est pas son genre mais dont il imagine pourtant avec précision ce qui peut rendre amoureux fou un autre homme, l'homme qu'il n'est pas. Je me le dirais plus tard. Pour l'instant, je ne voyais que le mouvement de ses lèvres qui formulaient sans aucune précaution éditoriale un avis passionnément favorable. Je crus sans doute au miracle du prêcheur enfin entendu au milieu du désert, et c'est cela qui me perdit.

Je lui coupai la parole (Elle disait : « Ce qui est surtout très beau c'est ce couple, cet enfant et cette vieille Française qui lui parle de sa patrie et qui lui apprend sa langue... »), je me mis à révéler la trame réelle cachée derrière le romanesque. Des bouts de vie que seule l'intrigue savait relier, des bouts d'amour dont seule l'imagination parvenait à faire une histoire amoureuse, une foule d'hommes et de femmes qu'il avait fallu rejeter dans l'oubli...

« D'ailleurs, cette vieille Française et son petit-fils, en réalité, ils n'étaient pas... » Je poussais plus loin ce qui devenait, malgré moi, une œuvre de destruction. Je dus m'en apercevoir à la petite grimace de dépit qui glissa sur le visage de la femme. « Cependant tous les personnages sont bien réels ! » terminai-je comme pour donner la preuve d'une origine contrôlée.

Je ne sais pas si elle était consciente que c'étaient ses éloges qui m'avaient entraîné dans cet épanchement absurde. Sa déception fut celle d'un numismate qui s'extasie devant les monnaies anciennes apportées par un terrassier, en commente finement l'époque et le lieu de la frappe et qui voit soudain l'ouvrier attraper un précieux ducat et l'estampiller de son croc pour démontrer que c'est bien de l'or.

Sa voix ne changea pas. « Oui, c'est ça... Mais je voulais vous dire qu'il y a, surtout dans la dernière partie, là où vous parlez du pilote, trop de choses brutes, pas du tout retravaillées par l'imaginaire. Et puis, le personnage du général, cette rencontre...

— Mais tout cela est vrai...

— Justement, c'est ça qui cloche. Trop vrai pour un roman. »

Je partis informé d'un ultimatum poli mais ferme me sommant de réécrire la partie en question.

L'esprit de l'escalier me visita non pas dans l'escalier, trop étroit et dangereux pour penser à l'écriture, mais sur la courbe du trottoir filant vers la rue du Bac. Parmi un flot d'arguments tardifs, vint le débat sur la vérité et la fiction déclenché par *Guerre et Paix*. Une critique assassine, des historiens trouvant dans le livre plus d'un millier d'erreurs, et ce verdict dans un journal . « Si cet auteur avait tant soit peu de talent, il faudrait le maudire. » Mais surtout l'avis du vieil académicien Narov qui ne pouvait pas pardonner à Tolstoï l'image dégradante du grand chef d'armées Koutouzov. Car la veille de la bataille décisive contre Bonaparte, on voit le sauveur de la Russie se prélasser dans un fauteuil, posture passablement relâchée et fort peu militaire, et, suprême injure, plongé dans un roman français ! *Les Chevaliers du*

Cygne de Mme de Genlis... « Quelle imagination perverse a pu créer une scène aussi fausse ? tempêtait l'académicien. Koutouzov en ces heures tragiques était sans doute en train de scruter les cartes d'état-major ou, au pis aller, de lire du Jules César. » Difficile de contredire Narov qui a participé à la bataille où il a même perdu un bras. Et pourtant... Après sa mort, on trouvera dans sa bibliothèque une quantité de romans français, dont *Les Chevaliers du Cygne* avec cette mention manuscrite sur la page de garde : « Lu à l'hôpital où, fait prisonnier par les Français, je soignais mes blessures. »

Je regrettai, quelques secondes, de ne pas avoir raconté l'anecdote à la directrice littéraire. Mais en fait, cette histoire démontrait-elle vraiment quelque chose ? Les cartes d'état-major ou Mme de Genlis ? Peut-être tout simplement la mélancolie d'un vieil homme à qui il reste un an à vivre, un homme qui a vu tant de guerres, tant de triomphes et tant de défaites, et qui, « en ces heures tragiques », laisse son regard errer dans la sérénité d'une belle journée du début de septembre. Ce calme disparaîtra demain, il le sait, sous la terre retournée par les explosions, sous le piétinement des centaines de milliers d'hommes pressés de s'entr'égorger, sous les flots de sang que perdront cinquante ou cent mille victimes prévisibles. Et quelque temps après y régnera de nouveau le même calme, brillera le même soleil et voleront les mêmes fils de la Vierge.

En descendant la rue du Bac, je me disais que, pour sortir de l'enfantine équation entre le réel et l'imaginaire, il fallait probablement noter juste ces instants tout simples de la présence humaine. Le regard du vieux Koutouzov devant une fenêtre ouverte sur le ciel de septembre... Rien d'autre.

Je savais d'avance qu'il serait impossible de retoucher le destin de Jacques Dorme. Le rendre plus « littéraire » ? À quoi bon ? Impossible aussi de s'en prendre au personnage du général, celui pour qui, d'après le pilote, « le ciel allait jouer plus que tout le reste ». Ces paroles m'avaient été rapportées telles quelles, dans leur isolement de fait vécu. Ce général français n'était qu'une vague silhouette évoquée dans une conversation plus ou moins fortuite, dans une nuit sauvée de l'oubli grâce à un collier d'ambre rompu. Pourquoi eût-il fallu le raconter autrement ?

Je sacrifiai donc ces deux hommes, resserrai le récit, tout en pensant, non sans remords, à ces portraits de groupe, à l'époque stalinienne, sur lesquels les visages des dirigeants fusillés disparaissaient sous le pinceau des spécialistes.

Peine perdue car le texte fut néanmoins refusé, puis accepté ailleurs, publié, eut beaucoup de succès, m'exposa à une gloire passagère et à une haine étonnamment bien plus tenace (« Croyez-vous que ces métèques vont nous apprendre à écrire en français ? » se demandait un critique parisien), enfin m'abandonna à un nouvel anonymat, infiniment plus agréable que le précédent puisque sans illusions.

Il y eut toutefois, vers la fin de ce tourbillon, une rencontre indirectement liée aux deux personnages sacrifiés. Cette soirée de mai à Canberra, l'automne australien, un débat avec mes lecteurs (leur irrésistible envie de savoir ce qui est « vrai » et ce qui est fictif dans le livre), puis la conversation avec cet homme d'une trentaine d'années, l'attaché culturel qui, pendant le dîner, a le tact de ne pas prendre le relais des lecteurs, comme le font d'habitude les gens des ambassades, il me laisse souffler, parle également très peu de lui et c'est seulement après le dîner, quand nous nous retrouvons sous le ciel si étrangement constellé, qu'il raconte, très simplement, le jour de la mort du général (il est son arrière-petit-neveu, porte son nom, mais il ne peut pas supposer ce que ce nom signifie dans ma vie). D'ailleurs, il n'a pas vu grand-chose, ce jour-là, il était trop jeune. Un blindé de l'infanterie, la tourelle enlevée, qui transportait le cercueil jusqu'à la petite église, une cérémonie sobre... À l'école, l'institutrice leur demanderait d'écrire ce qu'ils pensaient du défunt.

Il parle sans aucune volonté de frapper mon imagination, reconnaît qu'enfant, il n'a retenu que des détails, souvent de peu d'importance. Je sens que mon récit pourrait rejoindre le sien mais qu'il faudrait, pour cela, revenir à l'adolescent qui écoutait l'histoire du collier brisé et du pilote survolant l'infini des glaces, l'adolescent qui a vu ce général français au milieu des steppes par-delà la Volga. Un instant, je suis sur le point de l'avouer, lui aussi semble deviner ce passé en moi... Puis nous constatons tous les deux la beauté de la Croix du Sud, particulièrement superbe en cette nuit d'automne, et nous nous quittons.

II

De cette adolescence, il reste un début de matinée devant la porte entrebâillée de l'infirmerie. Je suis là, la main déjà prête à frapper, déjà je vois la femme assise à l'intérieur quand, soudain, ce geste : la femme serre son sein gauche et le masse comme si elle avait mal au cœur ou tout simplement voulait rajuster un soutien-gorge trop étroit pour ce grand sein. Je frappe, j'entre. Elle m'examine, se met à laver la vilaine écorchure qui raye ma cuisse. C'est une jeune femme aux cheveux légèrement roux, aux gestes lents. Je reste debout, je la domine, c'est très étrange de voir une femme adulte ainsi, de voir son visage incliné, ses yeux qui semblent résignés. Quand elle lève le regard, il y a entre nous un aveu de complicité. Je quitte le cabinet, ne parvenant pas à démêler chez celle qui m'a soigné la mère et la femme. Les deux sont intensément inconnues et désirées.

Je me suis blessé en essayant de retenir sur une pente détrempée la benne à ordures de l'orphelinat. Chaque matin, un surveillant surgit à l'entrée du dortoir et, une liste de noms à la main, annonce la corvée. Deux noms et, en réponse, un sourd bafouillement de jurons.

Cette fois, mon compagnon était un adolescent méprisé par nous tous, non pas pour sa faiblesse, ce qui aurait été logique dans le monde clos de l'orphelinat où seule la force comptait, mais pour son côté paysan. On le surnommait d'ailleurs « Village » tant il avait l'air campagnard avec ses chaussures toujours embourbées et sa manière de gratter sa tête rasée... Sans lui adresser la parole, j'ai saisi l'une des poignées de la benne et nous nous sommes mis à pousser ce grand bac d'acier sur un chemin de terre, dans le noir pluvieux d'une matinée d'automne. Soudain, cette voix derrière nous : « Attendez, prenez encore ça ! » Sur le seuil de la porte du service se tenait la bibliothécaire, deux grandes boîtes de carton posées à ses pieds. « Vous les laisserez à la chaufferie... » Village est allé les chercher, les a posées sur le couvercle de la benne, a fait mine de reprendre la route. Mais aussitôt que la porte eut claqué, il s'est arrêté, m'a lancé un clin d'œil et s'est emparé d'une des boîtes. « Il y a peut-être là-dedans des trucs à bouffer », s'est-il justifié. Je le croyais veule, incapable d'imagination... Avec une large pièce de cinq kopecks aiguisée en lame (les surveillants poursuivaient impitoyablement les détenteurs de couteaux), il a tranché les ficelles, fait craquer les rabats du carton... « Salope ! Rien que des bouquins... Attends, et l'autre ? » C'était la même chose. Des brochures comportant toutes, sur la couverture, la photo que nous n'avons eu aucune peine à reconnaître. La physionomie ronde et plate, le crâne chauve : Khrouchtchev, renversé un an auparavant. Ses portraits avaient disparu, depuis, des façades de la ville, et à présent, comme l'écho retardataire des événements de Moscou, ce « Discours au Congrès » qu'on retirait des bibliothèques de province.

Le chauffagiste assis devant la bouche incandescente d'un poêle a accepté les cartons sans émotion. Il a ouvert le premier, émis un petit rire plutôt triste et s'est mis à jeter, une à une, les brochures dans le feu. « Ah, Nikita, ils ont été plus malins que toi, hein ? commenta-t-il en regardant l'autodafé. Et maintenant, ceux qui n'ont pas été réhabilités peuvent toujours courir... » Puis, se souvenant de nous : « Allez, dépêchez-vous, jeunesse, on a déjà sonné... »

Sur le chemin du retour, Village m'a demandé de l'attendre et s'est glissé dans la broussaille qui recouvrait les berges. J'ai fait quelques pas pour m'écarter de la puanteur de la benne. En haut d'une côte s'alignaient les fenêtres de l'orphelinat : éteintes dans les dortoirs, éclairées dans les salles de classe. On distinguait même les silhouettes des professeurs devant le tableau. Le seul avantage de la corvée des ordures, c'était ces quelques minutes de retard tolérées.

« Ceux qui n'ont pas été réhabilités... » Le mythe le plus partagé, le plus jalousement chéri par les élèves était précisément celui-là : le père-héros, injustement condamné, est enfin réhabilité, il revient, il entre dans la classe, interrompt le cours et provoque une extase muette chez l'enseignante et les camarades. Un bel officier dont la vareuse est blindée de médailles. Il y avait également des variantes avec des pères explorateurs polaires, des pères morts au combat, des capitaines de sous-marins. Pourtant le retour du réhabilité primait les autres légendes car il correspondait davantage à la vérité. L'établissement avait la spécificité d'abriter les enfants des hommes et des femmes qui s'étaient illustrés pendant la dernière guerre mais, par la suite, s'étaient rendus indignes de leurs exploits. Telle était en tout cas la version qu'on nous communiquait, tantôt avec assez de tact, il faut le reconnaître, tantôt avec la hargne d'un surveillant en colère : « Tel père, tel fils »...

« Ils bossent bien, ces canaris ! » Village venait de surgir de l'obscurité et pointait le doigt vers les fenêtres où l'on apercevait les têtes des élèves. « Des canaris dans une cage », a-t-il ajouté avec un léger dédain. Nous nous sommes remis en marche. Je ne pouvais pas comprendre alors tout ce que cachaient les paroles du chauffagiste (nous avions onze, douze ans, Village devait en avoir quatorze car il avait redoublé au moins deux fois), mais j'ai saisi l'essentiel : une autre époque commençait, rendant nos rêves plus que jamais irréalistes. Le bel officier réhabilité resterait à jamais derrière la porte de la classe, ne se décidant pas à la pousser.

Ces réflexions m'ont rendu distrait et quand nous prenions notre élan pour hisser la benne dans une montée, j'ai dérapé et me suis retrouvé par terre, une cuisse entaillée par l'acier rouillé. « Veinard ! Tu es bon pour la journée, a constaté Village en palpant la déchirure. File vite voir l'infirmière ! »

Il y a eu donc cette journée de repos, mais surtout le souvenir obsédant de la femme soulevant son sein gauche et de ma présence à quelques centimètres de cette femme, dans l'intimité d'un secret volé.

L'amour rend vulnérable. Ceux qui, deux jours plus tard, m'ont attaqué avaient sans doute senti en moi la faiblesse d'un amoureux. Tous les rapports dans l'orphelinat étaient réglés par des lignes de force tendues à l'extrême. Il fallait à tout prix tenir son rang dans la hiérarchie des forts et des moins forts. Exactement comme dans une prison ou dans la pègre. Je ne faisais pas partie des quelques jeunes chefs de bande, ni des plus faibles. D'ailleurs, on n'agressait pas n'importe comment, car même le plus chétif serrait peut-être, entre ses doigts, une grosse pièce de cinq kopecks aiguisée en lame de rasoir.

Pendant une récréation (je regardais les arbres nus derrière une vitre et me disais que l'infirmière devait les voir aussi de sa fenêtre), un coup d'épaule m'a poussé vers le mur et fait autour de moi un vide dans la foule des élèves qui s'écartaient. C'était un petit chef entouré de sa garde. Son visage, comme souvent chez les Méridionaux, avait déjà une texture d'homme et connaissait toutes les petites grimaces de la virilité, toutes les mimiques d'un jeune mâle qui se sait beau. Quelques injures, pour amorcer la bagarre, suivies d'esclaffements de la bande. Enfin, mêlée aux petits crachotements des miettes de tabac collées à sa lèvre, cette phrase où sa supériorité trouvait son dernier mot, méprisant et presque langoureux :

« Mais tout le monde sait que ton père, les mitrailleurs l'ont abattu comme un chien... »

Tous les codes venaient d'être bafoués. On s'injuriait et on se battait souvent, mais on ne touchait jamais à la légende des pères héros. Je me suis jeté vers lui qui tournait déjà le dos, laissant à ses sbires le soin de régler mon cas. D'autres se sont joints à eux, excités par la force collective, heureux de monter en grade dans l'ordre des castes subitement chamboulé.

L'apparition d'un professeur, au bout du couloir, m'a libéré. Je me suis remis debout, pressé d'arranger ma chemise à laquelle plusieurs boutons manquaient, d'essuyer mon nez qui saignait. Les agresseurs et les agressés étaient, chez nous, punis sans distinction.

Dans les toilettes, le visage renversé sous le jet glacé d'un robinet, j'ai repris peu à peu mes esprits. En attendant que le sang s'arrête de couler, j'ai même eu le temps de réfléchir à cette attaque qui mettait en danger toutes nos légendes. « Ton père fusillé comme un chien... » Bien sûr, ce petit caïd qui rodait sa virilité n'en savait rien. Ou plutôt il savait que cette version valait pour chacun de nos pères : héros déchus qui avaient sombré dans la boisson, dans le crime ou, pire encore, dans la contestation et qui terminaient leurs jours dans un camp ou sous les balles d'un garde perché sur son mirador. Il l'avait dit tout haut mais, depuis un moment déjà, nous étions tous conscients que le mythe héroïque se fissurait. Et même sans avoir écouté le vieux chauffagiste qui brûlait Khrouchtchev, les élèves devinaient que le temps où l'on pouvait encore espérer prenait fin. C'était le milieu des années soixante (novembre 1965, plus exactement). Peu informés, nous ignorions le nom de « dégel », et pourtant nous étions, au sens propre, les enfants du Dégel. Et c'est grâce à cet homme chauve et rondouillard dont on brûlait les livres que nous vivions dans le relatif confort d'un orphelinat et non pas derrière les barbelés d'une colonie de rééducation.

Je comprenais tout cela très confusément, à l'époque. Un pressentiment, une angoisse vague partagée avec les autres. Et aussi une sorte de soulagement : ce n'était pas mon air amoureux qui provoquait l'agressivité des autres. Tout simplement notre petit monde commençait à s'écrouler et l'un des premiers éclats venait de me frapper au visage.

Un roman pourrait imaginer maintes nuances à cette journée, de la douleur de cette journée, inventer des jours qui l'ont précédée et suivie. Mon souvenir n'en a gardé que la silhouette d'un adolescent, debout contre le mur, le nez pointé vers le haut et pincé entre le pouce et l'index. Les petites fenêtres sales des toilettes donnent sur une rangée d'arbres nus, la boucle d'une rivière, un chemin boueux. L'adolescent sourit. Il vient de penser que s'il n'avait eu qu'un simple saignement, il aurait pu se présenter à l'infirmerie, entrer, demander à être soigné... Comme dans la scène mille fois rêvée. Mais son nez est hideusement tuméfié (l'exhiber devant la femme à la blouse blanche ? Jamais !). Une autre fois, peut-être. Le sang, la douleur lui semblent soudain merveilleusement liés à la promesse d'amour. Il desserre la pince de ses doigts, s'essuie le visage, tend l'oreille. Derrière la porte, le silence d'un long couloir vide. Là-bas, réunis par classes, ces jeunes qui peuvent encore vivre dans leurs mensonges héroïques. Lui vient de perdre le droit de rêver. La vérité a le goût du sang qu'il recrache dans le lavabo et la beauté poignante des premiers flocons qu'il aperçoit soudain derrière la vitre. La perfection blanche et stellaire avalée par la boue grasse des ornières.

Dans la fragile vérité du souvenir, il y a aussi cette soirée d'automne, cette pièce éclairée par une vieille lampe de table à l'abat-jour bleu-vert, cette femme aux cheveux argentés qui recoud les boutons de ma chemise, nos deux tasses de thé, un livre à la couverture cartonnée, aux coins de cuir usés, dans lequel je viens de lire une phrase dont je me souviendrai encore (je ne le sais pas pour l'instant) trente ans après : « Ainsi mourut pour les trois fleurs de lis, sur les bords de la Meuse, et quasi aussi gueux d'argent que lorsqu'il s'en était venu tout jeune à Paris, l'un des plus purs et des plus beaux soldats de la vieille France... »

La femme se lève, me verse du thé chaud, ajoute une bûche dans le petit poêle en fer à l'angle de la pièce. Je relis la phrase, je la connais déjà presque par cœur. Penser à ce guerrier d'antan rend moins douloureuse la moquerie qui inlassablement me brûle de son acide : « Ton père abattu comme un chien... »

Tout serait différent dans une histoire imaginée. Marqué d'un inutile exotisme : cette maison aux murs recouverts de lattes noires, d'un aspect lugubre à la nuit tombante, une pièce perdue dans l'entassement des appartements et l'obscurité des escaliers, une femme aux origines mystérieuses, ce vieux livre français...

Pourtant, je ne trouvais rien d'insolite à cette soirée de novembre. J'étais venu comme chaque samedi soir en quittant l'orphelinat pour passer vingt-quatre heures chez Alexandra : la chance de ceux d'entre nous qui avaient quelque tante improbable prête à les accueillir. Pour moi c'était cette femme qui avait jadis connu mes parents. Une étrangère ? Certes, mais ses origines s'étaient depuis longtemps estompées sous la durée et la dureté de sa vie russe, sous les ruines de la guerre d'où les survivants sortaient coupés de leur passé, de leurs proches, d'eux-mêmes tels qu'ils avaient été avant. Et puis, dans cette grande maison en bois, vivait aussi une famille d'Allemands de la Volga, une Coréenne hors d'âge (victime d'un de ces déplacements de populations dont Staline avait la manie) et dans une longue pièce étroite du rez-de-chaussée, un Tatar de Crimée, Youssouf, le menuisier, qui un jour avait dit à celle qui m'accueillait, à cette femme née près de Paris : « Tu sais, Choura, vous autres, les Russes... » Le prénom français avait aussi subi une lente russification, devenant d'abord Choura, puis glissant vers le diminutif affectueux de Sacha, enfin revenant au nom plein d'Alexandra qui n'avait rien à voir avec son vrai prénom.

Seuls ces livres qu'elle m'avait peu à peu appris à lire trahissaient encore son indiscernable francité. « Ainsi mourut pour les trois fleurs de lis... »

La manière romanesque d'évoquer cet apprentissage enchaînerait sans doute des surprises juvéniles pour raconter une *éducation française.* Mais en réalité, le plus surprenant était le naturel avec lequel, en arrivant dans la grande maison en bois, je montais ses escaliers sombres, poussais la porte d'Alexandra, posais mon sac sur une chaise. Je connaissais vaguement l'histoire de la maison : un certain Vénédikt Samoïlov faisant, avant la Révolution, le commerce de la laine avec l'Asie centrale avait construit ce qui était au début du siècle un petit manoir de bois clair, en fut expulsé, disparut en laissant une riche bibliothèque vite décimée par des poêles voraces que les nouveaux habitants installaient dans des pièces de plus en plus délabrées. Pendant la guerre, la maison située dans une bourgade proche de Stalingrad avait été incendiée par une bombe, avait perdu l'une de ses ailes et exhibait encore du temps de mon enfance un large pan de mur carbonisé.

La vérité de la mémoire oblige à reconnaître que je ne m'étonnais ni de ces rondins noircis, ni de l'extrême pauvreté des logements. Je ne remarquais pas non plus leur exotisme de caravansérail. Je montais l'escalier, humant avec plaisir des odeurs que seule la vie de famille peut produire, un mélange de cuisine et de lessive, je croisais les habitants, content de me sentir leur égal, car libéré de mon existence embrigadée, j'entrais chez Alexandra (le goût du bon thé était perceptible déjà dans l'obscurité glacée de l'escalier) et j'avais l'impression de rentrer définitivement, de revenir dans une maison qui m'attendait et que je n'aurais pas à quitter le lendemain. J'étais enfin chez moi.

Depuis, dans ma vie d'adulte, je n'ai jamais pu retrouver la même sensation de permanence...

Durant ces visites, j'avais certainement reçu une éducation française. Mais une éducation sans système, sans préméditation. Un livre laissé ouvert sur le coin d'une table, un mot russe dont Alexandra me révélait le passé français... Le sentiment d'être enfin chez moi se mêlait imperceptiblement à cette langue étrangère que j'apprenais. L'alliage devenait si intense que, bien des années plus tard, le français évoquerait toujours pour moi un lieu et un temps semblables à l'atmosphère d'une maison d'enfance que je n'avais jamais connue.

Elle avait commencé à m'apprendre sa langue car, dans le dénuement de notre vie d'alors, c'était la dernière richesse qui lui restait et qu'elle pouvait partager. Une soirée, de temps à autre, me donnant l'illusion d'une vie en famille, et cette langue. Il y avait eu probablement le premier déclic, un mot, un récit, l'éveil d'une curiosité, je ne m'en souviens plus. Je me rappelle cependant très bien le jour où j'avais pénétré dans une petite pièce coupée du reste de la maison par l'incendie du printemps 1942. Depuis vingt ans, ce réduit sous les toits demeurait inaccessible, condamné par les grosses planches que les habitants avaient clouées à la place du mur éventré. La porte de cette chambrette s'ouvrait sur le dehors, sur le vide à l'endroit de l'aile effondrée. Pour l'atteindre, j'étais passé par la fenêtre du palier. L'acrobatie n'était pas sans risque puisque je devais m'accrocher à l'éclat d'une poutre, poser mon pied sur la plinthe d'un plancher disparu et, me collant de tout mon corps au bois calciné, attraper la poignée. À l'intérieur, j'avais découvert les restes de la bibliothèque de Samoïlov, des piles de livres abîmés par le feu, l'âge et les pluies. Des livres étrangers surtout, inutiles pour les habitants et sauvés des poêles grâce à l'isolement de cette pièce. J'en avais rapporté quelques-uns de mon expédition périlleuse. Alexandra m'avait grondé (j'avais à peine sept ans), puis m'avait montré ses livres à elle. Provenaient-ils aussi de la bibliothèque dévastée ou d'un passé plus lointain ? Je ne sais pas. Seul cet instant me revient aujourd'hui : je m'aplatis contre les rondins noirs, je tends la main vers la poignée et, soudain, je vois mon reflet dans un miroir au cadre d'étain accroché au mur, je comprends que le vide au bord duquel je glisse a été autrefois une pièce habitée, j'ai le temps de fixer mon visage, une seconde de ma vie, l'extrême singularité de cette seconde, le ciel où plane une neige très lente, presque immobile.

Mon éducation française ressemblait à l'effort d'un paléontologue qui reconstitue un monde évanoui à partir d'un ossement. L'enfermement dans lequel vivait alors notre pays faisait de l'univers français un paysage aussi mystérieux que celui du crétacé ou du carbonifère. Chaque roman sur les rayonnages d'Alexandra devenait le vestige d'une civilisation disparue, voire extraterrestre, un fossile, une goutte d'ambre avec, en guise d'insecte emprisonné, un personnage, une ville française, un quartier de Paris.

Dans les années qui suivirent, Alexandra me fit lire des classiques, mais c'est grâce à la petite pièce condamnée que mon impression d'explorer fut la plus vive. J'y retrouvai beaucoup de livres français, certains rongés par l'humidité et devenus illisibles, quelques-uns imprimés dans l'orthographe ancienne avec ce « oit » de l'imparfait qui m'avait au début dérouté. Dans l'un de ces volumes abandonnés je découvris une anecdote qui me marqua (j'ai longtemps été honteux de l'avouer) plus que certains romanciers de renom. Il s'agissait de l'actrice Madeleine Brohant, célèbre en son temps, mais qui vivait ses dernières années dans une grande gêne, logeant au quatrième étage d'un immeuble vétuste de la rue de Rivoli. L'un des rares amis qui lui restaient fidèles se plaignit un jour, en soufflant, de la fatigante ascension. « Mais mon cher, répondit la comédienne, je n'ai plus que cet escalier pour faire encore palpiter les cœurs ! » Les alexandrins les plus brillants, les romans les plus ingénieux ne m'apprendraient jamais davantage sur la nature de la francité que cette parole d'une douce amertume dont il me semble encore percevoir l'ondoiement vocal.

Y avait-t-il quelque logique dans cet apprentissage ? Une œuvre de fiction pourrait facilement en imaginer les étapes, les progrès, les acquis. Mon souvenir n'a gardé qu'une poignée d'instants ou d'illuminations sans lien apparent. La réponse de Madeleine Brohant, et aussi cette journée dans la vie agitée et frondeuse de la duchesse de Longeville. Assoiffée, l'aventurière se jette sur un verre d'eau qu'on lui apporte, boit et déclare dans un voluptueux soupir : « Quel regret que ce ne soit pas un péché ! »

Donc, il y avait quand même un lien entre ces éclats que la mémoire avait préservés. L'art du mot ou du bon mot, le culte du sens détourné, le jeu verbal qui rendait le réel moins définitif et les jugements moins prévisibles. À l'époque, la vie russe résonnait encore d'échos staliniens : « ennemi du Peuple », « traître à la Patrie » n'étaient pas vraiment hors d'usage. D'ailleurs, à l'orphelinat, malgré nos rêveries héroïques, nous savions que nos pères étaient désignés précisément par ces titres-là. Les mots, coulés dans le moule de la propagande, avaient une dureté d'acier, une pesanteur de fonte. En brûlant les brochures de Khrouchtchev, le vieux chauffagiste avait marmonné le mot de « volontarisme » (accusation officielle qu'il avait dû entendre à la radio et qu'il articulait mal, comme le nom compliqué d'une maladie honteuse). Nous n'en savions pas la signification mais éprouvions une obscure admiration pour la puissance de ce « isme » qui venait de jeter à terre le premier homme du pays et obligeait nos professeurs à éluder certains passages de nos manuels.

Inconsciemment peut-être je mettais en parallèle cette langue d'acier et la légèreté du verre d'eau devenant péché sur les lèvres de la duchesse de Longeville, la douceur aérienne d'un pénible escalier qui faisait battre les cœurs. Des mots qui tuaient et des mots qui, employés d'une certaine façon, libéraient.

Ce contraste m'avait guidé, un jour, vers Alphonse Martinville... Les mains couvertes de suie, je rangeais les volumes qui souvent tombaient en morceaux entre mes doigts. La porte de la pièce abandonnée encadrait un ciel de printemps, tendre et lumineux, et pourtant les pages du livre que j'avais découvert sous un paquet de vieux journaux frémissaient de fureur révolutionnaire, de claquements de guillotine. La foule en cet an II était avide de sang, la pluie du 15 ventôse ruisselait sur la lame du couperet, sur l'échafaud qu'on n'avait plus le temps de laver. Un jeune condamné apparut. « Mets-toi devant nous, Alphonse de Martinville ! » ordonna le président. Surpris de recevoir une particule, le jeune homme répliqua avec le courage d'un desperado : « Je suis venu ici pour être raccourci et non point pour être rallongé ! » Cette repartie conquit la foule et plut au tribunal. Un cri jaillit : « Citoyens ! Élargissez-le ! » La liesse devint générale. Martinville fut acquitté.

Parmi ces ouvrages, j'en ai retenu certains un peu malgré moi, à cause des marques à l'encre violette dans la marge. Surtout celui-ci, très copieusement annoté : *L'espèce humaine s'améliorera-t-elle ?* J'avais l'âge où ce titre ne paraissait pas encore cocasse. Longuement j'avais suivi les jolis *NB* et *sic* laissés par l'ancien propriétaire de la maison, le marchand Samoïlov, ce valeureux autodidacte que j'imaginais dans son cabinet, le soir, le nez surmonté de grosses lunettes rondes, le front plissé, l'index glissant sur les phrases d'un penseur français tombé dans l'oubli.

D'ailleurs, plus que les grands classiques et les avatars de l'Histoire, c'est un manuel français traitant des divers procédés de la trempe des lames qui m'avait longtemps passionné. Je passais des heures à déchiffrer les méthodes expliquées (je me rappelle : du graphite en poudre mélangé à de l'huile...), à essayer de confectionner la réplique d'un poignard qui portait le nom exaltant de *Misericordia*. Le manuel indiquait son origine et son usage. Lorsqu'un chevalier terrassé refusait de se rendre, protégé par son armure, on faisait appel à cette lame longue et fine « qui mordait le cœur à la manière du dard d'un scorpion ».

L'éducation française que je recevais était vraiment très peu scolaire.

Cette soirée de novembre était semblable aux autres et toute différente. J'avais fini par raconter à Alexandra la bagarre qui m'avait opposé aux autres, leurs moqueries : « ... ton père abattu comme un chien. » Elle interrompit son travail, posa sur la table ma chemise dont elle recousait les boutons et se mit à parler, très naturellement, de mes parents, retraçant une histoire que par fragments je connaissais déjà : leur fuite, leur installation dans le nord du Caucase, ma naissance, leur mort...

Dans un roman, l'enfant aurait dû écouter un tel récit avec une attention douloureuse (combien de livres allais-je lire, par la suite, souvent pathétiques et larmoyants, sur la quête des origines familiales). En réalité, je le suivais, plongé dans une insensibilité opaque, dans une sorte de surdité résignée. Alexandra le remarqua, comprenant sans doute que ce qui comptait pour moi, pour nous tous à l'orphelinat, ce n'était pas la vérité des faits (en gros, pareille pour tous nos parents) mais la belle légende d'un officier injustement condamné et qui allait un jour pousser la porte de la classe. Elle poursuivit pourtant, sachant que ce qu'elle me confiait s'inscrivait dans ma mémoire, à mon insu, et pourrait ainsi échapper à l'oubli.

Je l'écoutais distraitement, jetant, de temps à autre, un coup d'œil sur les pages du livre ouvert devant moi, sur la phrase que je préférais à toutes les vérités du réel : « Ainsi mourut pour les trois fleurs de lis... l'un des plus purs et des plus beaux soldats de la vieille France... »

La rixe qui m'avait interdit d'imaginer un père héros eut aussi une autre conséquence. Quelques jours plus tard, cet os qu'un élève repêcha de son assiette et jeta à travers la table du réfectoire dans ma direction. Son cri : « Aux chiens ! » fut suivi d'un esclaffement de la tablée et, tout de suite après, d'un silence tendu, regards baissés vers la nourriture : à la porte venait de surgir un surveillant. « Qu'est-ce que tu as à jeter tes saletés partout ? s'indigna-t-il en pointant son index sur l'os qui traînait près de mon assiette. Ce soir, pas de dîner ! Tu vas laver le couloir devant la pièce de Lénine. Et qu'il n'y ait plus un grain de poussière ! »

Dans la solitude de ce long couloir qui menait vers « la pièce de Lénine » (mi-musée, mi-trésor, honorant, dans chaque école du pays, le souvenir du grand homme), je me sentis presque heureux. De ce bonheur qui suit la disparition du dernier espoir et qui nous apprend que toutes les douleurs sont finalement supportables. Les planches humides reflétaient la seule lampe allumée au bout du couloir. Engourdi par le va-et-vient de la serpillière, mon regard semblait découvrir sous la surface sombre et liquide la trompeuse profondeur d'un monde secret.

La corvée terminée, je traînai le seau dans les toilettes. En me lavant les mains, j'aperçus des éclaboussures brunes autour du robinet, sur le mur. C'étaient les gouttes séchées de mon sang, traces de la bagarre d'il y a trois jours. Ce saignement et la poignante tendresse à la pensée de la femme qui massait son sein gauche... J'aspergeai l'endroit souillé, le frottai avec hâte comme si quelqu'un eût pu deviner son mystère.

Je restai un long moment dans le débarras où les femmes de ménage gardaient leurs balais et où j'avais rangé mon seau. Ce local me plaisait : des caisses de savon brun qui répandait une odeur fauve, agréable, un étroit vasistas ouvert sur une nuit glacée, mon corps serré contre le radiateur qui chauffait les genoux à travers le tissu du pantalon... Mon espace vital. Je m'en rendis compte précisément ce soir-là : un minuscule îlot où le monde n'était pas blessure. Au-delà, tout faisait mal. Par un réflexe de claustrophobie, sans doute, je cherchai dans ma pensée une échappée, un prolongement à ces minutes de sérénité, un archipel de brefs bonheurs. Je me rappelai l'une des dernières lectures dans la maison d'Alexandra. J'étais tombé sur un mot inconnu, l'« estran », elle m'en avait expliqué le sens, en français, j'avais imaginé cette bande de sable libérée par les vagues et, sans jamais avoir vu la mer, j'avais eu l'illusion parfaite d'y être, d'examiner tout ce qu'un océan pouvait oublier sur une plage en se retirant. Je comprenais à présent que cet estran dont je ne connaissais pas l'équivalent russe était aussi ma vie, tout comme le quatrième étage d'un immeuble vétuste où vivait Madeleine Brohant.

C'est ce soir-là probablement que je perçus pour la première fois avec autant de clarté ce que la langue d'Alexandra m'avait donné...

La porte s'ouvrit brusquement. L'intrus avait l'air de rentrer chez lui. C'était Village. Il me dévisagea avec dépit mais sans dureté et marmonna : « Ah, c'est toi qui as mis toute cette flotte dans le couloir. J'ai glissé dix mètres sur le cul. Pire qu'une patinoire... » Il serrait sous son manteau un paquet enveloppé dans une page de journal. La fraîcheur de neige qu'il avait apportée en entrant se coupa d'une odeur de fumée, très savoureuse, qui me fit avaler ma salive et me rappela que je n'avais rien mangé depuis midi. Village remarqua ma grimace d'affamé et eut un sourire satisfait.

« Alors, ils ne t'ont rien donné à bouffer, ces crache-propre ? demanda-t-il en enlevant son paletot.

— Non, rien », toussotai-je dans une nouvelle contraction de la gorge, surpris par ce qualificatif appliqué aux autres.

« Bon, tant pis pour eux. Ils ont tous les jours la même tambouille à faire pisser les cafards. Nous, on va goûter ça... »

En un tour de main, il transforma la remise en une salle à manger. Le couvercle d'une caisse posée sur un seau forma la table. Deux autres seaux, retournés, devinrent chaises. Du journal déplié surgit un poisson grillé, au corps large et recourbé, aux nageoires noircies par le feu... Nous nous mîmes à manger. Village me raconta ses pêches clandestines, ses astuces pour quitter l'orphelinat. De temps en temps, il tendait l'oreille, puis reprenait son récit sur un ton plus sourd... À la fin de notre repas, des pas derrière la porte nous firent sursauter. La voix d'un surveillant cria mon nom. Village se redressa, me tendit un seau et, ouvrant la porte, se cacha derrière elle.

« Qu'est-ce que tu fais là? demanda l'homme, la main tapotant sur le mur mais ne trouvant pas l'interrupteur.

— Mais j'étais en train de ranger le seau, c'est tout », répondis-je avec une assurance hargneuse qui m'étonna moi-même.

Le surveillant, toujours dans la pénombre, renifla l'air, mais sa supposition lui parut tellement fantaisiste qu'il se retira en bougonnant : « Bon, range donc tout ça et vite au lit. » Coincé derrière la porte, Village levait son pouce : « Bien joué! »

C'est à l'étage des dortoirs, avant de nous séparer, qu'il me dirait avec cette intonation inégale qui traduit les paroles profondément enfouies et dont la remontée brusque vers les lèvres fait mal : « Tu sais... mon père, on l'a aussi... abattu. Avec un camarade, il voulait s'évader... Mais le garde les a surpris et les a mitraillés. Un vieux me racontait que dans les camps, les fuyards tués on les laissait pendant trois jours bien en vue, devant les baraques, pour que les autres sachent ce qui les attendait... Et ma mère, quand elle a appris ça, elle s'est mise à boire, et quand elle est morte, le médecin a expliqué qu'elle était comme qui dirait brûlée de l'intérieur. Et juste avant, elle répétait tout le temps : " C'est pour te voir qu'il a fait ça. " Mais moi je ne la croyais pas vraiment... »

L'amitié peu bavarde qui nous lia m'apprit beaucoup. Le paria le plus méprisé de l'orphelinat, Village, était en réalité le plus libre parmi nous. On le voyait presque chaque jour exécuter la corvée des ordures mais nous ne savions pas qu'il se proposait lui-même et pouvait ainsi passer de longs moments volés à arpenter les berges de la rivière, s'aventurant même jusqu'à la Volga. Il était aussi le seul à accepter la réalité, à ne pas invoquer le fantôme de l'officier qui allait frapper à la porte de la classe. En fait, il n'acceptait pas cette réalité construite pour nous, avec ses mythes, ses héros déchus, ses livres brûlés dans le poêle de la chaufferie. Et tandis que, avant le début des cours, nous étions alignés, classe par classe, dans le couloir et écoutions, sans écouter, la vocifération chantée du haut-parleur (« Le parti de Lénine, force populaire, nous conduit au triomphe du communisme ! »), Village se glissait à travers les saulaies, dans le brouillard du matin, dans le fragile éveil des eaux bordées par les premières glaces. C'était là sa réalité.

Je me disais que mon « estran » n'était pas si éloigné des matinées brumeuses de Village.

Le pays de l'estran, pays refuge, où il m'était encore possible de rêver, se découvrait par fragments, sans logique, au milieu des vestiges de la bibliothèque de Samoïlov. C'est là qu'un jour je mis la main sur une page arrachée, marquée par le feu, avec ce début de poème dont je ne parviendrais jamais à identifier l'auteur :

Le soleil se lève à Nancy,
Il est desja sur la Bourgogne,
Nous le verrons bien-tost icy,
Pour s'en aller dans la Gascogne.

Aucune géographie ne me donnerait une sensation plus physique de la terre de France, de ce territoire qui m'avait toujours paru, d'après les cartes, bien trop réduit pour pouvoir prétendre à des fuseaux horaires. Le poète avait exprimé l'intuition de l'espace aimé, ce sens charnel de la patrie qui nous permet d'envelopper d'un seul regard tout un pays, d'en percevoir très distinctement les tonalités, différentes d'une vallée à l'autre, la variation des paysages, la substance unique de chacune de ses villes, le grain minéral de leurs murs. De Nancy à la Gascogne...

Je n'avais pas l'impression de poursuivre un but en explorant les ruines des livres dans la pièce condamnée. La simple curiosité d'un visiteur de greniers, le plaisir de tomber sur un volume épargné par l'incendie, sur une gravure intacte, sur une note calligraphiée à l'ancienne. La joie surtout de descendre, les bras chargés de ces trouvailles, de les montrer à Alexandra. Pourtant, peu de temps après la lecture du quatrain sur la page arrachée, je compris ce qui me poussait à rester de longues heures en compagnie de ces livres mutilés. Du fond d'une caisse dont le bois se désagrégeait comme du sable sous mes doigts, je tirai une *Histoire du Bas-Empire* aux feuilles collées par l'humidité, puis un livre en allemand imprimé en exubérants caractères gothiques et enfin, privée de couverture, cette *Notice funèbre*. Je ne me souviens plus qui était son destinataire. L'ombre d'une grande lignée disparue est liée, trop confusément, à cette lecture. Je retins juste, mais en revanche par cœur, les paroles de François Ier que l'auteur citait et qui étaient soulignées à l'encre violette dont je reconnus la teinte flétrie : « Nous sommes quatre gentilshommes de la Guienne qui combattons en lice contre tous allants et venants de la France : moi, Sansac, Montalembert et la Châtaigneraie. » J'imaginais le pays qu'un regard d'amour embrassait en suivant la course du soleil, de Nancy à la Gascogne, je savais maintenant que c'était le regard de ces quatre chevaliers qui observaient, pour la mieux défendre, leur terre natale.

Je cherchais dans mes lectures ce dont j'étais privé. L'attachement à un lieu (celui de ma naissance était trop indéfini), une mythologie personnelle, un passé familial. Mais surtout ce dont les autres venaient de me priver : cette divine liberté de réinventer la vie, de la peupler de héros. Les quatre chevaliers de la Guienne étaient pour moi bien plus réels que les spectres des beaux officiers qui hantaient les dortoirs de l'orphelinat.

Croyais-je vraiment à ces silhouettes équestres qui veillaient sur la France ? Je pense que oui, comme on croit à la noblesse, à la compassion, au sacrifice de soi quand on a onze ou douze ans. D'ailleurs ce n'est pas la réalité de cette image qui m'intéressait mais sa beauté. Une route en haut d'une colline, la poussière amortissant le martèlement des sabots, les quatre compagnons qui avancent lentement, le regard porté au loin, tantôt vers l'empilement brumeux des montagnes, tantôt vers la percée lumineuse de l'océan. Je les voyais ainsi, c'était ma façon d'espérer.

Ce pays rêvé finit, un jour, par imprimer son espace en moi, comme s'imprime dans notre mémoire visuelle le tracé des constellations, et dans la plante de nos pieds le dénivellement d'un chemin familier. Je m'en rendis compte pendant cette dernière leçon de littérature avant les vacances du Nouvel An. L'atmosphère était peu studieuse. Certains sommeillaient, hypnotisés par l'ondoiement des gros flocons derrière la vitre, d'autres, au fond de la classe, s'étranglaient dans un chuchotement de rires en passant sous les tables un manuel ouvert sur une illustration maculée. De temps en temps, tonnait la voix de l'enseignante, grande femme osseuse, au menton lourd et proéminent : « Qui veut rester sans manger jusqu'à demain ? » La classe se figeait, elle reprenait son commentaire qui décortiquait un poème de Lermontov, le manuel provoquait de nouveaux spasmes d'hilarité. Quand il passa sous mes yeux, je ne pus réprimer un sourire. Le poème étudié (consacré à Napoléon) était illustré par le tableau représentant l'empereur qui venait d'abdiquer. Un choix malheureux si l'on connaît la manie des cancres de profaner les personnages illustres des manuels. Napoléon était assis, l'air abattu, le corps tassé, le regard fixe, les jambes largement écartées. Et c'est dans cet entre-jambes impérial qu'une main sacrilège avait dessiné un monstrueux tube velu agrémenté de deux boules démesurées. Une autre main, plus innocente, avait recouvert son visage de longues cicatrices suturées, caché son œil gauche sous un bandeau de pirate. Je souris, en me disant que certains personnages subissaient dans nos manuels des ajouts encore plus infamants, des appendices encore plus musculeux... C'est à ce moment-là que l'enseignante commença à déclamer le poème.

Elle le lisait à la fois mal et bien. Mal, car sa voix était monocorde et visiblement attentive à l'endormissement des uns et au chuchotement ricaneur des autres. Bien, parce que la banalité de cette voix permettait de l'oublier, d'oublier cette grande femme à la carrure anguleuse, d'oublier cette classe, de pénétrer dans l'univers nocturne des strophes, de se retrouver sur cette île perdue au milieu d'un océan, près d'une pierre tombale s'ouvrant une fois par an, à minuit, le jour anniversaire de l'Empereur. Le défunt se lève et monte sur le pont du Hollandais volant qui s'élance vers « la France aimée où il a laissé la gloire, le trône, son fils héritier et sa garde fidèle ». Il débarque en pleine nuit et réveille la côte déserte par un appel puissant qui résonne jusqu'au plus profond du pays. Mais la patrie y reste sourde : « Les grenadiers moustachus dorment dans la plaine où ruisselle l'Elbe, sous la neige de la froide Russie, dans les sables brûlants des pyramides. » Il convoque alors ses maréchaux : « Ney! Lannes! Murat... » Personne ne vient à lui. « Les uns sont tombés au champ d'honneur, d'autres l'ont trahi en monnayant leur épée. » Dans un cri désespéré il appelle son fils, mais, en réponse, entend le silence mortuaire du vide. L'aube le force à quitter sa patrie. Il monte sur le navire et le Hollandais volant le porte vers son île lointaine.

Je n'avais jamais éprouvé auparavant une telle liberté face au réel. J'avais envie de rire tant la beauté de ce voyage nocturne rendait insignifiant le monde soi-disant réel qui m'entourait : les murs de cette classe décorés de bandes de calicot rouge avec des citations de Lénine et du dernier congrès du Parti, le bâtiment de l'orphelinat, les cheminées d'une gigantesque usine derrière la rivière prise par les glaces. L'homme dressé sur le pont du Hollandais volant, cette silhouette à bicorne, n'avait rien à voir avec Bonaparte dont nos livres d'histoire nous apprenaient l'aventure, ni avec le « personnage littéraire » analysé par notre professeur, ni avec ce petit gros aux jambes écartées que dépeignait l'illustration. L'exilé revenu sur les côtes bretonnes et lançant des appels à ses maréchaux était une réalité devinée par le poète, plus vraie que l'Histoire elle-même. Plus crédible car belle.

Je savais que le voyageur du Hollandais appartenait au pays des quatre gentilshommes de la Guienne, qu'il pouvait, comme eux, l'embrasser d'un seul regard, des forêts de l'est aux dunes de l'océan. Quand, à la fin du cours, claquèrent les tablettes à gonds de nos vieux pupitres, je me dis qu'il serait peut-être possible de ne jamais quitter, dans ma pensée, ce pays rêvé.

J'aurais dû, selon la logique de ma quête adolescente, m'enfoncer dans une solitude de plus en plus dédaigneuse et farouche, adopter la posture du jeune roi en exil. Un être déchiré entre son rêve français et la réalité. Une logique romanesque et romantique. Tout se passa autrement. C'est la réalité qui soudain fit un coup de théâtre.

D'abord une simple rumeur, tellement invraisemblable que, pendant les vacances du Nouvel An, nous en parlions comme d'une blague farfelue. Nos vacances d'ailleurs ne ressemblaient pas à celles des écoliers normaux. On nous envoyait nettoyer les voies de chemin de fer souvent bloquées par les tempêtes de neige ou bien, de temps en temps, nous étions alignés, en une haie d'honneur, à l'occasion d'une visite officielle. Le passé glorieux de notre ville attirait des délégations étrangères. Bordant le périmètre d'un monument aux morts, nous représentions « la jeunesse soviétique recueillie dans le souvenir immarcescible de la guerre ». C'est surtout durant les vacances qu'on avait recours à nous car les enfants normaux étaient, à ces moments-là, difficiles à mobiliser. Ou encore lorsqu'il faisait particulièrement froid, les parents refusant d'exposer leurs petits aux rafales par moins vingt-cinq.

Il faisait justement très froid en ce mois de décembre. Nos rangs, malgré le garde-à-vous imposé, dansotaient, la semelle des vieilles chaussures battant la glace et, pour se réchauffer le cœur, en attendant le passage d'un cortège officiel, nous commentions cette rumeur stupide. Quel farceur avait pu la lancer ?

À la reprise des cours, la nouvelle tomba : la rumeur n'était pas fausse, dès la rentrée prochaine l'orphelinat fermerait.

Dans les mois suivants, nous apprîmes les détails : les élèves allaient être dirigés vers des internats ordinaires, les plus âgés vers des établissements techniques et des usines, peut-être même dans des villes éloignées. Nous n'y crûmes vraiment qu'en juin, lorsque, après la fin des cours, on nous ordonna de traîner à la chaufferie nos vieux pupitres. Mais jusqu'à ce jour-là, nous gardions l'espoir qu'il s'agissait d'une fausse alerte. Et pourtant chacun à sa manière se préparait au départ.

L'orphelinat, l'équivalent de la prison où avaient disparu nos pères, changea soudain de nature, nous révélant son côté hospitalier, familial presque. La vie des autres dont nous avions toujours envié la liberté nous angoissait à présent. Nous étions comme ce détenu qui achève une longue peine, compte les heures et en même temps redoute la sortie, et souvent, juste avant le grand jour, s'évade, se fait prendre et se retrouve devant un nouveau décompte de jours à rayer.

En apparence, notre quotidien resta le même. Le changement le plus sensible fut une sorte de solidarité qui s'imposa toute seule, effaçant les anciennes castes des faibles et des forts. La force, hostile, inconnue, était désormais à l'extérieur de nos murs.

Un samedi soir, en janvier, je montai dans la pièce condamnée où j'avais presque terminé le tri des livres. Dans la pénombre, leurs mondes s'éveillèrent, leurs paroles résonnèrent, assourdies, à mes oreilles. Sur une caisse était posée la lame du futur poignard *Misericordia*... Du palier, Alexandra m'appela. Je jetai un dernier coup d'œil autour de moi en pensant qu'il me faudrait bientôt quitter ces livres pour longtemps, pour toujours peut-être, et qu'il faudrait essayer d'emporter en moi le pays né sur leurs pages.

III

Cet hiver marqua un hiatus entre deux générations, le fameux « vingt ans après » qui, trop vague pour les historiens, cadence pourtant la chronologie des pays. La fin de la guerre avait déjà vingt ans d'âge. Une génération avait eu le temps de naître, de grandir et de faire naître. Tout cela sans guerre. Le lien de sang avec elle se distendait, l'hérédité du souvenir se rompait, les morts se figeaient définitivement dans le bronze. On éleva une forêt de monuments, précisément à partir de ces années-là, dans notre ville, d'immenses mémoriaux en béton célébrant la bataille de Stalingrad, des statues cyclopéennes, on alluma des « feux éternels ». Et l'on ferma notre orphelinat, considérant que la quarantaine avait assez duré, que nous avions expié le passé de nos pères et qu'il serait à présent idéologiquement plus judicieux de nous disperser, tels les éclats de ce passé, dans la population saine.

Les derniers mois avant le départ furent remplis à parts égales d'exaltation et d'inquiétude. Nous savions que le mythe des pères-héros ne pourrait que faire sourire les gens parmi lesquels nous allions vivre. Nous venions non seulement d'un lieu étrange, mais d'une autre époque, du temps où les statues bougeaient et parlaient encore, chaudes du sang qui coulait sous le bronze. Il nous fallait, nous le comprenions tous, apprendre à rattraper le temps, à gagner notre place dans la réalité des autres. Apprendre à oublier.

Il me reste de ces mois quelques brefs fragments, rapides prises de vue de la mémoire, apparemment accidentelles mais sans lesquelles je serais certainement devenu autre. Cet après-midi de janvier, notamment, un froid cinglant qui nous oblige à rompre l'immobilité exigée et à nous frotter le nez, les lèvres devenues insensibles. Le cortège que nous attendons sur une grande avenue de la ville tarde. Tout le monde sautille pour ne pas se transformer en une colonne de glace : les miliciens postés à quelques mètres d'intervalle, nous derrière eux, d'autres représentants des « masses travailleuses ». D'après la rumeur qui circule, il s'agirait d'un personnage très important, de Brejnev lui-même, murmure-t-on autour de nous. Notre curiosité est attisée par le désir de deviner dans quelle voiture du cortège ce personnage voyagera. Pas celle de tête, ça, nous en sommes sûrs. La deuxième, la troisième ? Un secret d'État. Nous nous sentons investis d'une mission. Mais le cortège n'est toujours pas là. Nos pieds semblent sonner comme des glaçons. Par dépit, un élève chuchote une histoire drôle. Transmise dans la buée d'un souffle, elle réchauffe nos oreilles. L'attentat contre Brejnev, le tireur vise mal, il est arrêté, interrogé : « Qu'est-ce qui vous a empêché de viser juste ? — La foule. Chacun voulait tirer le premier. » Le rire dégèle les lèvres. Les miliciens se retournent. Un surveillant surgit derrière nous, distribue de rapides claques... Le cortège déferle à une vitesse telle qu'il est impossible de fixer les vitres dans cette coulée noire de limousines. Nos mains s'agitent trop tard, saluant les motards qui ferment la course. Ils ont des casques blanchis de givre et des visages rubiconds... Les « masses travailleuses » rompent les rangs et s'égaillent, pressées de rentrer et de boire chaud. Mais notre mission n'est pas terminée. Embarqués dans un car, nous sommes amenés au pied d'un mémorial tout neuf, pour rejouer, à la Potemkine, la même comédie de la liesse populaire. Sur cette colline, le vent venu des steppes est atroce. On nous dispose en un maigre carré, pour imiter certainement une foule nombreuse. Nous ne parlons plus, restons immobiles sans que les surveillants aient à nous rabrouer. Eux-mêmes semblent comprendre l'absurdité inhumaine de cette attente. Le jour décline, le cortège ne vient pas. Un gradé s'approche de nos rangs, parle à l'oreille d'un surveillant. Celui-ci nous sourit un peu tristement : « Repos ! »

Je me sauve à ce moment-là. Tout le monde est trop fatigué pour nous compter. Je descends la colline sur l'autre versant, je cours vers la ville. Je ne m'explique pas les raisons de ma fugue. Peut-être le mépris de ce visiteur de marque qui n'a pas daigné venir. Ou bien le bonheur imaginé des autres figurants qui sont déjà rentrés et qui boivent un thé chaud, entourés de leur famille. Probablement cette pensée-là. L'intuition fulgurante de ce chez-soi, de sa chaleur, de son calme. Je parcours les rues en simulant le pas des passants, j'entre dans un magasin, je reste un instant, mêlé à l'attroupement d'un arrêt de bus. Avec l'espoir irréfléchi que leur vie va m'aspirer en elle, faire de moi leur semblable. Un écran, pareil à une fine facette de glace, me sépare de ces gens… Je me retrouve dans une église sans aucune intention particulière, simplement pour me réchauffer. Le rejet de tout ce qui est lié à la religion est instinctif. Je n'aime pas ces vieilles qui se signent et marmonnent face aux icônes enfumées. L'écho sous les voûtes est désagréable, glaçant. L'iconostase est écrasante dans sa rutilante richesse. Et même la flamme des bougies ne parvient pas à dégourdir mes doigts, elle les brûle, les mord ou bien s'esquive. Je me souviens qu'un jour, à l'orphelinat, on a fait sortir de nos rangs un élève pour fustiger sa faute honteuse : secrètement, quelque vieille tante rétrograde l'avait amené à l'église et l'avait fait baptiser ! Notre mépris pour ce rouquin éploré était sincère. « L'une de ces vieilles », me dis-je en voyant leurs ombres courbées. La voix du prêtre est légèrement plaintive, tremblante de froid. Je déchiffre mal sa litanie, il invite à prier, à prier pour tous, pour les proches, pour les lointains, pour les morts… Je regagne l'orphelinat juste avant le dîner. Je ne peux avouer à personne que ma première tentative de vivre parmi les autres a échoué.

Je ne serais pas non plus devenu celui que je suis sans avoir vécu cette nuit-là, à la fin de l'hiver. Plutôt cette heure particulière lorsque, pour un moment très bref, s'arrêtait le passage des trains qui longeaient la maison où habitait Alexandra. Dans la journée, les voies, distantes seulement de quelques mètres des murs en bois, faisaient entendre la bruyante symphonie des convois qui traversaient la bourgade. Les habitants ne remarquaient même plus tous ces martèlements, fracas, sifflements, grincements, amplifications et décroissances. Ils pouvaient reconnaître à l'oreille le lourd tambourinement d'un convoi venant de l'Oural avec ses wagons chargés de minerai, l'onde de choc soulevée par l'express de Novossibirsk, l'interminable percussion des citernes noires qui amenaient le pétrole de la Caspienne... Il y avait dans cette vie ferroviaire, vers deux heures du matin, un moment creux, un bref répit entre les trains les plus tardifs et ceux qui allaient, de très bonne heure, réveiller la gare de triage. Parfois cette pause nocturne était violée par le passage très rapide des trains spéciaux. De mon lit, séparé du reste de la pièce par un vieux paravent, il me suffisait de tendre le cou pour voir le défilé des longues plates-formes, des bâches qui laissaient deviner le contour des blindés, la forme des canons. Je me rappelais alors ce que nos professeurs nous racontaient de la vie du globe. Ces armes étaient destinées sans doute aux défenseurs du Viêt Nam que les Américains étaient en train de brûler au napalm, aux Cubains étranglés par le blocus, aux Africains dans leur lutte de libération. L'argument me paraissait juste. J'adorais être réveillé par ces trains ombrés de mystère.

Cette nuit-là, je manquai le passage du convoi nocturne. Quand je me relevai dans mon lit, la dernière plate-forme glissait déjà sous la fenêtre. Je distinguai seulement le volume inhabituel des engins transportés : le haut des bâches dépassait notre premier étage. « Des fusées, peut-être... », pensai-je à travers un demi-sommeil et je restai un moment à écouter le long effacement du bruit. La nuit, comme souvent après les dégels de février, était glaciale et limpide. Dans la partie haute de la fenêtre que le givre n'avait pas envahie de ses rameaux, le noir avait l'éclat d'une cassure de granit micacé. Entre deux stalactites de glace accrochées à la gouttière, une étoile se laissait voir en relief, vivante et consciente de notre vie, de l'existence de la vieille maison en bois suspendue dans un isolement total, dans la splendeur un peu terrifiante de ce ciel éveillé.

Les dernières vibrations des rails se turent, le calme allait devenir absolu. Et c'est alors que je discernai un imperceptible murmure qui troublait encore la décantation du silence. Je tendis l'oreille et reconnus la voix, ou plutôt l'ombre de la voix d'Alexandra. Le plafond était faiblement teinté du reflet de sa veilleuse. Confus de surprendre ce chuchotis, j'allais me recoucher quand, soudain, il me sembla entendre mon prénom. « Elle a peut-être mal au cœur, me dis-je, et n'a pas la force de m'appeler... » Inquiet mais ne voulant pas me trahir, j'écartai légèrement le satin fatigué du paravent... Dans l'angle de la pièce, de l'autre côté de l'armoire qui formait mon recoin, je vis une vieille femme assise sur son lit, les pieds, sous une longue chemise de nuit, posés sur un petit rectangle de tapis. Elle me parut d'abord inconnue. Ses cheveux blancs étaient dénoués et touchaient ses épaules. Mais surtout ce geste : la tête profondément baissée, les doigts pressés contre le front. Dans le ténu frémissement de ses paroles, je reconnus de nouveau mon prénom...

Je ne pensai pas, je ne me dis pas : « Une femme qui prie. » Mon intuition était, à cet instant-là, beaucoup moins réfléchie. De tout mon être, je ressentis l'infini du noir dans lequel était perdue notre maison, l'abîme de la nuit, les étendues glacées du ciel et de la terre, et au fond de cette béance, une femme qui disait ma présence dans cet univers.

La veilleuse s'éteignit. Je restai étendu, sans sommeil. Déjà au milieu du vacarme matinal des trains, je me souvins qu'elle avait murmuré ces paroles secrètes dans sa langue maternelle.

Les jours suivants, quand je sus trouver les mots pour comprendre cette nuit, je me rappelai la litanie du prêtre, cette voix inégale qui m'avait déplu. Il invitait à prier, entre autres, « pour ceux pour qui personne ne prie ». L'expression, alors incompréhensible, me paraissait à présent d'une justesse poignante. Ignorant tout de la pratique religieuse, je voyais dans la prière plutôt le fait de penser à un être, d'imaginer sa solitude égarée sous ce ciel, de le rejoindre par cette pensée, même s'il ignorait, surtout s'il ignorait cette pensée.

« ... pour qui personne ne prie ». Dans la grisaille d'une matinée lente à se lever, j'aidai Village à relever ses lignes, toutes sans prise. Le petit feu de bois qu'il venait d'allumer ne servirait donc à rien. « Les mois avec un *r* sont fichus pour la pêche », expliquait-il en plaisantant. Nous étions aux premiers jours de mars. L'échec ne parut pas l'affecter. Il s'assit sur la carcasse d'une vieille barque, tira un quignon de pain, m'en tendit la moitié. Les nuages se mettaient à pâlir au-dessus de la rivière encore recouverte d'une carapace blanche. Il mangea, puis resta immobile, silencieux, la vue portée au-delà de la rivière. Je le regardais avec attention, avec insistance même. « ... ceux pour qui personne ne prie », pensai-je de nouveau.

« Alors, tu veux aller la voir ? dit-il soudain, sans se tourner vers moi.

— Voir qui ? demandai-je, perplexe.

— Arrête de déconner, tu sais bien : l'infirmière ?

— Mais… pourquoi ? Tu débloques… »

Il se tut, les yeux de nouveau perdus au milieu des broussailles des berges. Fébrilement, je cherchai ce qui, dans nos conversations, avait pu me trahir. Rien. Et tout… Chaque mot, chaque geste.

« Donne-moi ta main », m'ordonna-t-il soudain d'un ton presque brutal en se levant. Je tendis ma main droite, il la repoussa, saisit l'autre main et, avant que je puisse réagir, en raya la paume avec un glaçon, me sembla-t-il. Non, c'était une pièce de cinq kopecks aiguisée en lame de rasoir. La coupure, peu profonde, brilla, se mit à saigner.

« Tu lui diras que c'était encore ce bac à merde rouillé… » Je restai indécis, regardant tantôt lui, tantôt le filet du sang. « Vas-y », dit-il plus bas, sans brutalité, et il me sourit avec une expression de bonté que je n'avais jamais vue sur aucun visage à l'orphelinat.

À l'infirmerie, je tombai pour quelques minutes dans cet état hypnotique que la lenteur de la femme faisait régner autour d'elle. Un état de félicité pour moi, mélange de douceur maternelle et de tendresse amoureuse.

Il ne restait plus de la bibliothèque de Samoïlov, dans la pièce condamnée, que les volumes très abîmés par l'incendie. Les mains couvertes de cendre, j'essayais de les ramener à la vie, plutôt par respect pour leur infirmité. Souvent la lecture devenait impossible. J'avais juste le temps de fixer une feuille brunie par le feu et déjà elle s'effritait entre mes doigts en emportant à jamais son contenu. C'est ainsi que je lus, sans pouvoir le relire, un bref poème dont les scènes se trouvèrent étrangement en accord avec la fragilité de cette unique lecture. Je ne connaissais pas l'auteur, sans doute un des obscurs poètes de la périphérie du romantisme. La bibliothèque de Samoïlov, composée avec l'appétit omnivore d'un néophyte, était riche de ces noms négligés par les anthologies et aurait pu, me dirais-je des années plus tard, tracer une histoire littéraire originale, presque parallèle à celle qu'on enseigne et honore.

Le poème avait pour titre « Le dernier carré », emprunté probablement à Hugo et en écho aux épopées guerrières du début du dix-neuvième. Les soldats de ce carré tombaient les uns après les autres devant l'assaut d'un ennemi plus nombreux et mieux armé. Le héros n'exprimait qu'une crainte, celle de voir ses compagnons fléchir. Ils tenaient bon pourtant (une rime me reviendrait, un jour : « batterie — fratrie »), resserraient leur carré pour refermer les brèches laissées par les morts. À la fin, ils restaient deux, le héros et son ami. Dos à dos, ils se battaient par pure bravoure, chacun redoutant de laisser l'autre seul. Quand enfin le cœur du guerrier fut transpercé, il se retourna et vit, à la place de son ami, un ange dont les ailes puissantes étaient tachées de sang.

La page se cassa entre mes doigts comme une fine couche d'ardoise. Ce côté immatériel renforça l'effet des mots. Peu de strophes garderaient dans ma mémoire autant de vitalité que ces vers sans renom.

Je me souviens aussi de l'une des dernières (peut-être même de la toute dernière) lectures en compagnie d'Alexandra. Cette soirée à la fin du mois de mars resta longtemps claire, nous pouvions boire notre thé et lire sans allumer. Parfois un train passait et dans ses compartiments éclairés se laissait surprendre la vie des voyageurs : cette femme qui bordait un drap sur sa couchette, ce jeune homme, les mains en œillères, le front collé à la vitre, comme s'il espérait voir ceux qu'il venait de quitter... Alexandra avait ouvert la fenêtre, l'air attiédi apportait l'agréable amertume des derniers amas de neige, de l'écorce gonflée des arbres. Promesse de printemps. J'y pensai en observant Alexandra qui lisait à haute voix, un reflet de sourire teintant ses lèvres. Pour la première fois, je pensai à ce que pouvait ressentir une femme à l'arrivée d'un nouveau printemps. Une femme de son âge. Ou peut-être l'âge ne comptait-il pas ?

Le livre qu'elle lisait provenait de la bibliothèque ravagée, de ce lot de volumes d'auteurs oubliés auquel appartenait « Le dernier carré ». Il s'agissait d'un recueil de courts textes, intéressants uniquement par leur jolie construction qui laissait planer le suspense, l'espace d'une demi-page, avant la victoire du Bien. J'écoutais, bercé par ces dénouements facilement prévisibles, quand soudain le récit suivant, plus bref encore que les autres, rompit ce va-et-vient de la narration. Un amoureux se prend d'une passion folle pour une jeune femme aussi belle que cruelle, il lui déclare son amour et lui offre son cœur. « Non, cher ami, ton cœur je l'ai déjà. Pour me prouver que tu m'aimes vraiment, apporte-moi le cœur de ta mère, oui, le cœur que tu arracheras de sa poitrine. » Le soupirant court chez lui, poignarde sa mère, s'empare de son cœur. Pressé de combler sa bien-aimée, il trébuche sur le chemin, fait une chute, laisse échapper le cœur qui tombe au milieu des cailloux. L'amoureux gémit, se relève et, tout à coup, entend une voix inquiète, le cœur de sa mère : « Tu ne t'es pas fait mal, mon fils ? »

Je n'eus pas souvenir de me redresser, de quitter la pièce, de courir. Tout simplement, après une totale rupture de conscience, je me vis debout, dans la pièce condamnée que j'avais donc gagnée en sortant par le palier, en glissant contre le mur de la maison, sur une vieille plinthe, en poussant la porte. J'étais là, la lèvre mordue jusqu'au sang pour ne pas hurler, les yeux ne voyant rien au début, puis voyant ce vide derrière la porte : les champs sous une neige grise, fatiguée, le ciel éteint, le printemps. Un monde parfaitement familier et méconnaissable. Alexandra ne m'appela pas, me laissa seul, attendit tranquillement que je descende. Et ne reparla jamais de ce récit.

Bien des années plus tard, la différence entre la langue maternelle et la langue apprise deviendrait un sujet à la mode. J'entendrais souvent dire que seule la première pouvait évoquer les liens les plus profonds et les plus subtils — les plus intraduisibles — de notre âme. Je me souviendrais alors de l'amour maternel que j'avais découvert et ressenti en français, dans un petit livre tout simple aux pages marquées par le feu.

Dans l'embrasement du soleil, d'immenses plateaux de glace descendaient le fleuve, se heurtaient, se brisaient, découvrant leur tranche verdâtre, épaisse parfois d'un mètre. Au moment de notre passage, un pan de banquise percuta un pilier du pont. La chaussée vibra sous nos pieds. L'écho du choc détona. En rompant nos rangs, nous nous jetâmes vers la rambarde. Ce fut un vertige d'ivresse : l'éblouissement des gerbes de lumière, la fraîcheur fauve des eaux libérées et la puissance bestiale des glaces qui se dressaient contre le pilier, se soulevaient par secousses. Sur la rive opposée, semblables à des fourmis noires, des enfants jouaient aux draveurs, sautant d'une banquise à l'autre. La surface blanche se fendait, les jeunes trompe-la-mort s'élançaient vers le fragment le plus large qui se morcelait à son tour, les chassant tantôt sur la terre ferme tantôt, pour les plus fous, sur un bloc dont l'instabilité exigeait des contorsions d'équilibriste. Ce jeu, vu de la hauteur du pont, rappelait le papillotement d'un kaléidoscope.

Notre vie à nous, durant ces mois printaniers, faisait penser à un kaléidoscope dont on aurait fracassé le tube et laissé échapper, peu à peu, les paillettes de verre et les miroirs. Les événements défilaient, moins pour nous mener vers l'avenir que pour épuiser, jusqu'au dernier éclat de rêve, nos années d'orphelinat.

Il y eut, en quelques semaines, plusieurs fugues, de vraies fugues sans retour dont l'une se terminerait, nous apprendrait-on, en Extrême-Orient. Puis, juste avant les fêtes de mai, cette élève que le directeur amena vers une ambulance garée près de l'entrée. Il était difficile d'imaginer qu'une adolescente de quatorze ans, maigre et aux traits effacés, allait bientôt devenir mère, et que depuis l'automne dernier elle portait en elle cette autre vie et parvenait à ne pas se trahir parmi nous qui barbouillions les pages de nos manuels et racontions des blagues sur Brejnev.

Un des premiers soirs de mai, je compris que le monde des autres exigerait de nous un tribut. J'étais accoudé à une table haute, à côté d'un kiosque où l'on servait de la bière. Je n'avais pas d'argent mais tant que la serveuse ne remarquait pas ma présence, je pouvais écouter les conversations des clients. C'étaient surtout des hommes qui, avant de retrouver sans joie leurs foyers (je découvrais qu'un foyer familial pouvait être sans joie), exposaient ici leur virilité, parlaient des femmes (deux catégories : celles qui « donnaient » et les autres), blâmaient l'injustice du sort. Des femmes, il y en avait peu dans ce lieu mâle. Ce soir-là, une seule, à deux tables de la mienne. L'homme qui l'accompagnait lui parlait sur un ton si méprisant qu'on avait l'impression qu'à chaque mot il rassemblait sa salive pour cracher. À un moment, il la gifla d'une petite claque sèche, furtive. Elle tourna le visage, je la reconnus. C'était Mouza, une fille de l'orphelinat, de trois ans mon aînée. Elle avait peut-être du sang caucasien ou tatar car ses traits étaient d'une extraordinaire finesse ciselée, l'un de ces visages dont la noblesse et l'harmonie font douter des origines zoologiques du genre humain. Personne parmi les élèves ne s'était jamais avisé de la courtiser. Ce degré de beauté la situait, pour nous, dans une autre espèce vivante, entre une branche enneigée et une étoile filante...

Les clients étaient peu nombreux, le kiosque allait fermer. J'entendais clairement les mots que l'homme soufflait entre ses dents : « Tu vas aller là où je te dirai d'aller, sale petite pute. Sans moi, tu n'aurais même rien à te mettre sur le cul... » Mouza protesta de la tête et alors l'homme, très calmement, avec un rictus de haine, lui pinça la lèvre inférieure, plongeant son doigt dans cette bouche déformée. Il était deux fois plus âgé qu'elle et, à cause de son costume beige et de la couleur de ses cheveux clairsemés, ressemblait à une longue cigarette perdant son tabac. Elle voulut se dégager, mais il lui serra la bouche plus fortement, l'empêchant de parler. C'est avec ce pouce enfoncé derrière sa joue qu'elle réussit à bafouiller d'un ton pitoyablement comique : « Je sais où aller, moi. Je ne dormirai pas dans la rue... » Il ricana, en desserrant sa prise, comme dégoûté : « Oui, bien sûr, retourne dans ta pouillerie. On va vous foutre tous dehors bientôt... » Elle se mit à pleurer et je fus frappé par ces larmes car elle sanglotait comme une femme déjà mûre, déjà usée par la vie.

La serveuse fit résonner une demi-douzaine de bocks vides qu'elle attrapa sur ses doigts en éventail. « Alors, tu as fini ta sucette ou bien j'appelle le milicien, il est pas loin, sauve-toi avant que je devienne méchante ! »

Je m'en allai avec le regret de ne pas être intervenu, cette honte que chaque homme éprouve dix ou vingt fois dans sa vie. Cette fois-là demeurerait pour moi l'une des plus pénibles.

Je n'étais pas seul à avoir vu Mouza en compagnie de l'homme ressemblant à une cigarette beige. Quelques jours plus tard, un élève prétendit les avoir surpris dans une barque accostée en amont de l'orphelinat. Malgré les exagérations salaces de son récit, je le crus car le comportement de l'homme beige qu'il décrivait correspondait exactement à ce que j'avais vu. Dans ce récit bégayant d'excitation, l'homme était assis dans la barque, le pantalon déboutonné, le bas-ventre à l'air, il sifflotait et Mouza, à genoux, avait la tête collée à ce bas-ventre, mais sa chevelure empêchait de voir... Le conteur, fier de son succès, rejoua la scène, représentant l'homme qui regardait les nuages en sifflotant, la femme et sa bouche déformée par le va-et-vient de l'effort... Village qui ne participait jamais à nos discussions rompit soudain notre cercle et, sans rien dire, frappa. Le conteur bascula en agitant les bras, se releva, les lèvres en sang, lâcha un juron et se tut en rencontrant le regard de Village. Un regard non pas menaçant mais triste.

D'une façon ou d'une autre, nous approuvions tous Village, même celui qui avait reçu le coup.

Je revis l'infirmière un jour férié de mai. Elle sortait d'un magasin, tenant une poignée d'un grand sac à provisions. L'autre poignée était tenue par... Je pensai d'abord : son frère jumeau. C'était son mari et il lui ressemblait comme une cocasse copie masculine. Presque la même taille, moyenne. La même corpulence, plutôt ronde. Des boucles claires et vaporeuses, plus brillantes même chez l'homme. Je n'éprouvai ni jalousie ni déception. Le couple rappelait des petits cochonnets de bandes dessinées et ne pouvait donc rien avoir de commun avec la femme silencieuse qui avait soigné ma blessure. De toutes mes forces, je voulus croire à la possibilité d'un tel dédoublement. Il me fallait garder dans le kaléidoscope fracassé de notre vie au moins cette brisure de rêve.

Dans ce rapide miroitement de visions, il y eut aussi ces deux jeunes filles et leurs amis qui bavardaient à l'entrée d'une allée. Nous les observions du camion qui nous ramenait d'un chantier. Le chauffeur l'avait garé sous les arbres et était allé chercher un paquet de cigarettes. L'un des garçons était assis sur son vélo, l'autre tenait le sien par le guidon. De notre enclos formé par les ridelles du camion, nous les épiions dans leur petite oasis d'insouciance. Leur liberté nous subjuguait. Même leur peau était différente de la nôtre. Après quelques journées de fournaise, nos visages pelaient, nos cheveux courts étaient rêches et décolorés. La peau dorée des jeunes filles révélait un mode de vie mystérieux où l'on prenait soin de son corps comme d'un bien... À un moment, le garçon monté sur son vélo attrapa une fine tresse de cheveux glissée sur la joue de son amie et la lui remit derrière l'oreille. Elle sembla ne pas remarquer ce geste, continuant à parler. Je sentis autour de moi une rapide tension musculaire, comme dans une salle de cinéma, lorsque le héros avance vers un danger... Une bordée de jurons explosa au milieu de notre foule serrée. Des rires, des obscénités, des coups dans la tôle de la cabine et puis, comme si quelqu'un en avait donné l'ordre, le silence. Les deux couples s'éloignèrent rapidement sous les arbres de l'allée. À côté de moi, une fille qui s'appuyait sur le bord de la ridelle avait les yeux gonflés de larmes.

Du même kaléidoscope brisé fusa cette gerbe d'étincelles : les voyous de la ville qui venaient parfois nous provoquer étaient armés de couteaux courts qu'on appelait « finnois » à double tranchant, et ce soir-là, dans l'air déjà sombre, le choc d'une lame contre une barre de fer fit jaillir une minuscule gerbe bleu-vert. Nous ne savions pas encore que ces bagarres étaient en fait un moyen, pour la pègre locale, de nous tester. C'est parmi des jeunes comme nous qu'on recrutait ceux qui n'avaient rien à perdre ni personne à aimer. Ce feu d'étincelles fixa dans mes yeux le visage plat, laid d'un des assaillants. Quelques jours plus tard, je le croiserais près de la gare. Il serait en train de tendre un briquet à l'homme beige.

C'est de cette gare que je partais pour la bourgade où vivait Alexandra. Je n'étais pas revenu la voir depuis les fêtes de mai et nous étions déjà à la fin du mois. Les passagers parlaient d'un incendie qui venait de détruire un dépôt de chemin de fer, le souffle chaud avait un goût âcre de résine calcinée... Je ne trouvai pas Alexandra chez elle, descendis, contournai la maison et l'aperçus au loin, debout, à côté des voies. Je la voyais de dos, mais devinais son geste : la main en visière, elle regardait les nuées de fumée au-dessus des longues bâtisses du dépôt. Le mouvement des trains était interrompu, les casques des pompiers scintillaient au milieu des rails, on entendait le craquement des poutres qui s'effondraient, le sifflement des jets. De temps en temps, l'éclipse cernait à travers la fumée un fantôme de soleil, la journée se figeait dans le contraste noir et blanc d'un négatif. Puis la vivacité des flammes, l'intensité du ciel se déversaient dans ce crépuscule momentané. Près d'un butoir, entre les rails, les grappes d'un lilas semblaient fleurir dans une journée d'un autre monde.

La silhouette d'Alexandra se perdait face à la hauteur des fumées, devant l'horizon des plaines où menaient les voies désertes. Je la regardais et plus clairement que jamais je croyais comprendre qui elle était. Je me rappelai les paroles du vieux Tatar Youssouf, son voisin : « Tu sais, Alexandra, vous autres, les Russes... » Il avait raison, cette femme qui se tenait au milieu des rails, le regard fixé sur les flammes, était russe. Le temps avait effacé en elle tout ce qui pouvait encore la distinguer de la vie de ce pays, de ses guerres, de ses douleurs, de son ciel. Elle en faisait partie, comme l'ondulation d'une tige d'herbe au milieu de la houle infinie de la steppe. Elle s'était inventé une patrie lointaine et une langue. Mais sa vraie patrie était cette pièce minuscule dans une vieille maison en bois, à moitié détruite par les bombes. Cette maison et l'infini des steppes alentour. Le lieu où elle resterait à jamais enfermée, prisonnière d'une époque faite de guerres et de souffrances. Je me sentis chanceler à la frontière de ce passé, risquant de me laisser entraîner dans sa béance noire. Il fallait m'en écarter, fuir.

Une boule de feu frangé de suie s'éleva au-dessus du dépôt. Effrayé, je reculai, retrouvai d'un regard inquiet la silhouette d'Alexandra qui était toujours là, immobile. Et je m'en allai très vite, en sautant sur les traverses. J'avais peur de la voir se retourner, m'appeler...

Dans le train, je pensai à la langue qu'elle m'avait apprise. Ses mots, je le savais, ne pouvaient rien désigner dans le monde qui nous entourait. Je me souvins de Mouza, de sa beauté, de l'homme beige, du récit de l'élève qui les avait espionnés... L'un des derniers poèmes que j'avais découverts dans les ruines de la bibliothèque de Samoïlov parlait d'un couple d'amoureux batifolant dans « un pré de mille fleurs diapré ». J'éprouvai soudain presque un dégoût pour la minauderie de cette coulée de mots. Derrière la vitre du wagon s'étendait la monotonie de la steppe, sèche et rude, saignée par le couchant.

J'avais donc appris une langue morte.

En rentrant à l'orphelinat, je remarquai l'absence de Village qui n'était pas venu dîner. Je le retrouvai au milieu des saulaies de la berge, sur l'un de ses lieux de pêche. Il fut gêné d'être surpris à fabriquer un jouet d'enfant : un petit radeau fait de bûchettes qu'il liait avec des lamelles d'écorce. Les restes d'un feu de bois fumaient légèrement. Pour ne pas perdre la face, il m'expliqua avec un clin d'œil : « Ça va flotter d'abord sur la rivière, puis, hop, dans la Volga, et là, si un brochet ne le bouffe pas, droit dans la Caspienne. Tu te rends compte, les Persans vont le cueillir un jour ! » Avec un bout de bois, il sortit de la braise quelques tisons encore rouges, les plaça sur son radeau, le mit à l'eau. Nous restâmes un long moment à suivre dans l'air violet du crépuscule l'éloignement de ces lumignons.

Sur le sentier qui montait vers l'orphelinat, il me confia d'un ton un peu confus : « Tu sais, la barque où ce salaud et Mouza... enfin... cette barque je l'ai coulée... »

Vingt ans plus tard, quand je commencerais à écrire, je songerais à faire de cette soirée passée en compagnie de Village une nouvelle sur les dernières vingt-quatre heures de la vie d'un jeune homme. Car il allait mourir le lendemain soir. Un sujet à effet, penserais-je, la quintessence d'une vie révélée au milieu de l'apaisante banalité d'un crépuscule de mai. Je ne l'ai jamais écrite, devinant sans doute la fausseté d'un pareil jeu d'esprit. Au lieu de réinventer ces vingt-quatre heures pour en tirer le sens, il fallait retenir le peu que j'en savais et le dire en évitant toute tentation philosophique.

Il y eut, le lendemain soir (c'était un dimanche), la même bande de voyous « recruteurs » qui, cette fois, nous invitèrent à boire. Visiblement, entre le bâton et la carotte, ils cherchaient notre point faible. Nous ne refusâmes pas, certains désireux de jouer les durs, d'autres, tous peut-être, prêts à répondre à la moindre promesse d'amitié. Ils burent aussi et n'avaient probablement même pas prévu la bagarre qui démarra par un verre renversé, une injure, une gifle. Ou bien, au contraire, tout était calculé, pour nous diviser entre ceux qui mordraient à la carotte et ceux qui résisteraient.

Nous avions pour seules armes nos cinq kopecks aiguisés en lame, puis une barre de fer, arrachée à l'un des voyous, un tesson de bouteille... Je savais déjà que les corps à corps étaient beaux seulement dans les films et que cette bagarre ressemblerait aux précédentes : un piétinement lourd, des coups ratés, l'absence de pitié pour celui qui tombait, la joie animale devant un signe de faiblesse. L'alcool rendit le combat encore plus laid, nous avions tout simplement l'impression de sauver notre peau. L'un des nôtres était déjà par terre, refermé sur lui-même comme un scarabée pour éviter des coups à la tête.

Je remarquai Village pendant une seconde de répit quand, un tesson à la main, je pus tenir en respect mon adversaire, hors d'haleine comme moi. Village remontait de la rivière, attiré sans doute pas nos râles. Je le vis jeter ses lignes, ramasser un gros caillou, se précipiter vers nous. Je le reverrais quelques minutes après (j'eus le temps de recracher un éclat de dent). L'assaut des voyous venait inexplicablement de fléchir, ils reculaient, l'un d'eux, en leur donnant des tapes dans le dos, les incitait à partir. Enfin, ils coururent à travers un terrain vague, nous laissant cette victoire inespérée. Nous riions, essuyions le sang, commentions les meilleurs coups... Soudain, nous entendîmes cette voix. Nous vîmes Village assis, les bras abandonnés sur le sol, le regard figé et, nous sembla-t-il, étonné. Il ne gémissait pas, mais de ses lèvres sortait un bafouillis mouillé comme eût fait un nourrisson. Quelqu'un toucha son épaule. Village bascula doucement en arrière. Nous l'entourâmes, accroupis, gênés par ce regard fixe, palpâmes maladroitement sa poitrine, sa tête... Tous ces bras qui l'agrippèrent paraissaient vouloir le retenir sur un bord glissant. L'un de nous eut encore le temps de plaisanter en parlant d'un verre de vodka, mais déjà sous la chemise déboutonnée on voyait une fine coulée de sang et l'éclat gris d'une lame — celle d'un « couteau finnois » qui s'était cassée à la garde.

De notre course effrénée vers l'orphelinat et des minutes qui suivirent, je ne me rappelle que ce tambourinement désespéré contre la porte de l'infirmerie : nous avions oublié que c'était dimanche.

Je vécus les jours suivants dans la hantise d'un geste, d'une pensée que cette mort attendait de moi et que je ne parvenais pas à trouver. Un geste marquant, grave. Mais tout ce qui arrivait me blessait par son insignifiance. Le lendemain, comme si de rien n'était, à neuf heures précises, l'infirmière ouvrit la porte de son cabinet. Deux jours plus tard on nous ordonna de retirer des salles de classes nos vieux pupitres et personne ne remarqua, parmi ces tablettes recouvertes de dessins et d'inscriptions, celle de Village. Insignifiant aussi était ce fébrile calcul des hasards : si j'avais eu l'idée d'apporter ce jour-là le poignard *Misericordia*, alors, peut-être... Je savais pourtant qu'un coup de barre de fer aurait cassé comme du verre cette lame effilée.

Je sus me libérer de ce verbiage du remords quand un soir, au début de juin, je me souvins du petit radeau que Village avait lancé dans une navigation nocturne. Il me sembla soudain qu'il était très important d'imaginer cette minuscule embarcation chargée de quelques fumerons, de ne pas interrompre dans le souvenir sa lente progression vers la Caspienne. Croire qu'il flottait toujours.

Au moment de l'enterrement, nous avions tous noté qu'il n'y avait personne à prévenir de la mort de Village. L'idée n'était pas neuve pour nous, mais son côté absolu, cosmique nous frappait : sur ce globe terrestre, personne ! Les paroles du prêtre entendues l'hiver précédent s'éveillèrent alors en moi : « ... ceux pour qui personne ne prie ». J'imaginai de nouveau le petit radeau, le rougeoiement de la braise s'éloignant dans la nuit, sous l'immense ciel de la Volga.

IV

Le ciel blanc de chaleur, la léthargie éternelle des steppes, un oiseau agitant les ailes sans pouvoir avancer dans ce vide trop dense. Nous progressions comme lui, n'ayant d'autre repère que le lointain des plaines et l'horizon fluidifié sous la coulée de l'air surchauffé. L'énorme excavatrice qui nous précédait éventrait l'écorce terrestre avec sa roue à godets, traçant une ligne droite, interminable. Couverts de poussière, assourdis par le rugissement de la machine et le grincement des pierres concassées, nous traînions de longues dosses de pin avec lesquelles les ouvriers consolidaient les parois de ce futur canal d'irrigation. Comme dans le fol espoir de retenir, par ce coffrage éphémère, le déferlement statique de l'infini... Le soir, la fatigue se mesurait au grésillement d'une abeille qui se débattait contre les murs de la baraque et qu'on n'avait plus la force de chasser. Il aurait fallu se lever, enjamber les corps serrés sur les bat-flanc, secouer une chemise, diriger l'insecte vers la porte... Mais on dormait déjà et son bourdonnement devenait le tout premier songe.

Se fondre dans ce désert de lumière était le meilleur oubli, le meilleur deuil, le meilleur oubli du deuil. Nous parlions beaucoup moins que les années précédentes où nous voyions encore dans ce bagne estival un purgatoire prometteur. À présent nous savions que l'avenir ne serait pas très différent de notre marche quotidienne derrière la machine éventreuse, du tracé absurdement têtu de cette faille dont il fallait inlassablement raffermir les parois.

Un jour, l'excavatrice se mit à rejeter, avec des pelletées de terre, des restes humains, des crânes, des bottes de soldats, des casques de la dernière guerre. Une autre fois, ce furent des ossements bien plus anciens, des heaumes, des épées brunies par la rouille... Un millénaire séparait peut-être ces guerriers. Mille ans de sommeil. Dix siècles de néant. Lorsque, le lendemain, la machine s'éloigna des sépultures dérangées, nous vîmes les archéologues qui arrivaient sur les lieux. Une poignée de points noirs perdus dans le vide ensoleillé de la plaine.

Comme les étés précédents, nos travaux étaient parfois interrompus : on nous déguisait de chemisettes blanches et de pantalons propres et on nous emmenait faire de la figuration sur de vastes esplanades où d'importants visiteurs prononçaient des discours devant des stèles commémoratives et des obélisques en béton. Ainsi, eûmes-nous un jour le privilège de voir, de loin comme toujours, ce dirigeant nord-coréen. Il lisait longuement dans une liasse de feuilles que le souffle chaud, très puissant ce jour-là, risquait à tout moment de lui arracher. L'homme, chétif et légèrement voûté, luttait contre leur faseyement comme un marin qui n'arrive pas à dompter une voile... Il y eut aussi cet homme d'État africain qui décida de s'exprimer en russe et parla très lentement, en détachant les syllabes, en se trompant d'accent. La flèche du mémorial était d'une blancheur verdâtre sur fond de ciel noir, lourd d'orage. Le grondement paresseux du tonnerre derrière le fleuve ressemblait à l'étranglement d'un rire qu'on eût voulu réprimer. Mais nous ne bronchions pas : les photographes avaient besoin de nos rangs immobiles et des visages tournés tous dans la même direction... Des années plus tard, quand il m'arriverait de croiser mes anciens camarades, nous regretterions de ne pas avoir été plus attentifs aux personnages invités. Avec le temps, on aurait pu les reconnaître, encore présents dans la vie politique ou passés sur les pages des livres d'histoire. Mais à l'époque, nous n'attendions que le moment où notre patience serait récompensée par une baignade dans la Volga. Cet été-là, même ces bains ne provoquaient plus l'enthousiasme hurleur d'autrefois.

La vitre de l'étroit vasistas dans notre baraque était cassée et chaque soir, avant de nous endormir, nous voyions un beau spectre solaire né dans la brisure, une longue queue de paon inondant soudain, pour quelques minutes, l'intérieur encombré de notre logis, glissant vers les clous où pendaient nos vêtements couverts de terre. Un soir, cet arc-en-ciel ne se forma pas. Nous étions à la fin de juin, l'angle des rayons avait changé. Personne n'en parla mais je vis des coups d'œil qui revenaient souvent à notre « vestiaire », resté sombre. Dans l'oubli total du temps, l'oubli salutaire que la steppe nous offrait, nous nous rappelâmes soudain que c'était notre dernier été vécu en commun.

Le lendemain matin, tout près du tracé du canal, nous

découvrîmes cette croix de bois avec un casque suspendu à l'une de ses branches. Nous l'entourâmes, intrigués par l'anonymat et la solitude de cette tombe au milieu de l'immensité des plaines aveuglées par le soleil. Nous étions habitués à voir des montagnes de béton célébrant la mort, des inscriptions dorées, des effigies de héros. Ici, ces deux branches de bouleau, à l'écorce fendillée, un tertre depuis longtemps aplani par les vents. Étrangement, la vue de cette tombe ne dégageait aucune angoisse, n'invitait à partager aucune peine. Il y avait même quelque chose de léger, d'aérien, de presque insouciant dans cette croix. Sa présence à cet endroit (pourquoi là et non pas à trois cents kilomètres au nord ou au sud ?), le hasard humain de cette présence semblait indiquer que l'essentiel se passait ailleurs que sous ce rectangle de terre...

De l'autre côté du canal, un surveillant nous appela : « Vite, on part ! Une cérémonie... » C'était la formule consacrée pour notre figuration.

Elle s'engagea mal cette fois-ci. Nous mîmes cinq heures pour arriver sur les lieux et, déguisés en bons et braves pionniers aux foulards rouges, commençâmes à attendre, enfermés dans le bus, sur le bas-côté d'une route. Visiblement, on ne savait pas trop si on allait avoir besoin de nous ou non. Autrefois, nous aurions ourdi une révolte, aurions exigé du pain, simulé une crise de diarrhée collective. Ce jour-là, chacun restait en tête à tête avec ses pensées, certains essayant de dormir, d'autres se réfugiant dans le souvenir d'une journée, d'un sourire. Les surveillants paraissaient plus inquiets que d'habitude. Pourtant, d'après les rumeurs, il ne s'agissait que de la visite d'un général. Nous qui avions vu des maréchaux et même un cosmonaute...

Un officiel en complet noir monta soudain sur le marchepied du bus et poussa une sorte de cri chuchoté : « Vite ! Descendez, ils arrivent. Vite, tous en rang ! » Il avait un visage rouge, l'air paniqué.

Au pas de course, on nous amena sur un large terrain, en haut d'une colline, qu'encadraient déjà plusieurs détachements de jeunes figurants. L'un des angles de ce cadre vivant paraissait dégarni, on le colmata avec nos troupes. Quand nous fûmes installés, je jetai un coup d'œil derrière nous : au loin, un bâtiment inachevé exhibait les embrasures vides de ses fenêtres. Nous étions donc là pour le cacher aux visiteurs... Il fallait maintenant, nous le savions tous d'expérience, tomber le plus rapidement possible dans une torpeur qui permettrait de ne plus sentir la brûlure du soleil, ni la soif, ni l'absurde longueur de la cérémonie. Se concentrer sur la forme de ce nuage qui s'allongeait doucement, très doucement...

C'est une rapide crispation musculaire autour de moi qui me tira soudain de mon assoupissement. Nous avions, à cause de notre existence communautaire, des réflexes synchronisés. Je retrouvai la vue, j'observai l'esplanade. Une foule de notables, sans doute les dirigeants de la ville, était déjà présente, tournée vers l'autre extrémité de la place, là où l'encadrement de chemisettes blanches s'interrompait, laissant une large entrée. Les regards de tous mes camarades étaient fixés sur cette ouverture. Un groupe assez nombreux avançait d'un pas calme, comme cela s'était toujours fait dans ce genre de cérémonies, il n'y avait donc rien d'extraordinaire dans cette procession...

Tout à coup je vis ce qu'il y avait d'extraordinaire.

Ma première impression fut la plus invraisemblable et cependant la plus exacte. « Les Lilliputiens conduisent Gulliver capturé... » L'homme qui marchait au milieu du groupe dépassait les autres d'au moins une tête. Ou plutôt on voyait sa tête et ses épaules au-dessus du va-et-vient des visages qui l'entouraient. Je cherchai l'éclat des galons de général, une casquette à insigne comme je l'imaginais d'après l'uniforme des généraux de notre armée. Mais le géant qui, dès le premier instant, fut au centre de la cérémonie, portait un complet sombre sans aucune allusion hiérarchique. Il y avait peut-être juste dans sa démarche, dans sa façon un peu raide de poser ses pieds sur le sol, dans le port ferme de son corps, quelque chose de militaire. D'ailleurs, je constatais à mesure qu'il s'approchait que ce n'était pas sa taille exceptionnelle qui le plaçait au centre mais sa manière de modeler l'espace autour de lui.

Je voyais déjà son visage dont l'expression rappelait celle d'un vieil éléphant sage et désabusé, ses paupières qui se soulevaient lentement pour laisser percer le regard d'une vivacité surprenante. Tout près de moi, j'entendis soudain quelqu'un murmurer avec une crainte admirative : « T'as vu son nez ? » Ce puissant relief fascinait dans la contrée des steppes où prévalaient les faces planes d'Asie. Mais le chuchotement enthousiaste voulait dire en fait autre chose : la venue d'un homme pareil ne pouvait pas ne pas provoquer un coup d'éclat.

Et ce coup d'éclat arriva. Du groupe des notables de la

ville, se détacha un homme à la physionomie banale d'un chef de kolkhoze et il marcha vers le vieux géant qui venait de s'arrêter avec son entourage au milieu du terrain. Malgré notre garde-à-vous, je perçus comme un léger craquement des vertèbres : tous les cous se tendirent vers l'incroyable spectacle.

Car le chef du kolkhoze, ou celui qui lui ressemblait, portait, en le tenant par les ouïes, un énorme esturgeon. Il donnait plutôt l'impression de danser avec le monstrueux poisson dont la gueule pointait dans son visage et dont la queue essayait de s'enrouler autour de ses mollets. Le poids de la bête obligeait le danseur à rejeter son corps en arrière et à marcher d'un pas saccadé comme dans un étrange tango chaloupé. Il s'approchait déjà du géant. Tout le monde retint son souffle.

Encore à quelques pas de distance, une illusion d'optique se produisit. L'esturgeon se mit à rétrécir, à paraître moins long, moins lourd. Enfin quand le cadeau se retrouva entre les mains de l'hôte, le corps argenté du poisson sembla presque efflanqué. Il fut montré à l'assistance comme un beau trophée de pêche, soulevé sans effort apparent. Les applaudissements saluèrent la force souriante du géant. Un dirigeant venu de Moscou s'avança alors vers le micro et se mit à parler, l'œil fixé sur les feuillets dactylographiés.

Je ne voyais ni l'orateur ni la foule des notables. Je venais de deviner le vrai secret du grand vieil homme. À l'instant, après avoir confié le poisson à l'un de ses aides, il avait profité du bruit de l'ovation et avec une adresse de prestidigitateur, tout en opinant de la tête aux paroles que sa suite lui adressait et qu'il n'écoutait pas, il avait glissé sa main droite dans la poche de sa veste, avait sorti un mouchoir et essuyé rapidement les bouts de ses doigts sans doute collants de la glu de l'esturgeon. J'étais peut-être seul à avoir remarqué son geste et ce détail recueilli m'avait donné la sensation de pénétrer son mystère : sa solitude. Il était entouré, acclamé, il se prêtait de bonne grâce à tous ces jeux diplomatiques, il acceptait même ce monstre gluant et savait, d'instinct, pendant combien de secondes il fallait exhiber le cadeau avant de le passer à son aide de camp. Il était très présent. Et pourtant très à l'écart, dans une grande solitude songeuse.

Maintenant, il était en train d'écouter le discours, une oreille approchée de la bouche de l'interprète obligé de se dresser sur la pointe des pieds. Plus les paroles devenaient pompeuses, plus son visage semblait lointain. De temps en temps, sous ses paupières épaisses, un regard brillait et, telle une balle traçante, visait l'attroupement des notables, atteignait les rangs de chemisettes blanches, frappait l'orateur. À un moment, ses yeux se posèrent sur notre carré, ses sourcils s'élevèrent légèrement comme dans une supposition dont il eût voulu avoir la confirmation. Mais déjà l'orateur pliait ses feuilles sous les applaudissements disciplinés de l'assistance. Le vieux géant, d'un pas mesuré, la tête inclinée dans un geste de concentration, se porta vers le micro qu'un technicien rehaussa rapidement. Il ne sortit aucune feuille et parmi les fonctionnaires du Parti il y eut alors un petit tourbillon d'anxiété : les paroles improvisées étaient par essence subversives.

Il parla. Et j'eus la certitude d'être seul à comprendre la langue qu'il fit entendre. C'était celle que j'avais crue morte. Le français.

L'impression d'être son unique auditeur n'était pas, somme toute, fausse. Les notables étaient incapables d'écouter les discours non écrits. L'entourage du géant croyait savoir d'avance ce qui allait se dire. Les jeunes figurants au foulard rouge percevaient la musique, belle et puissante, parfois même un peu rugissante de ses phrases, mais pas leur sens. Les interprètes veillaient à la syntaxe.

Il disait ce qu'il fallait dire dans une cérémonie pareille, à l'ombre pesante d'un monument en béton, sur le sol chargé d'acier et de dépouilles de guerriers. Mais, initié à son secret, je croyais entendre une voix silencieuse, dissimulée derrière l'ample cadence de son discours. Il parlait des milliers de héros mais la voix cachée rappelait non pas ces milliers sans nom ni visage mais celui qui gisait peut-être sous nos pieds. Il évoquait la reconnaissance des peuples mais une amertume perceptible laissait deviner qu'il savait combien un peuple peut se montrer ingrat pour ceux qui lui font don de leur vie...

À un moment, il se produisit un bref mouvement dans sa suite. Une bouche chuchotant à une oreille, un regard consultant discrètement la montre... Les diplomates venaient de s'apercevoir, sans doute, qu'on était en retard sur le programme de la visite. En orateur aguerri, le géant ignora ce dérangement, tourna juste un peu la tête en direction du conciliabule, un sourcil arqué comme pour dire : « Silence dans les rangs ! » La vue de ces gens dans leurs costumes élégants l'agaça. Le rythme de ses paroles ne changea pas. C'est sa voix silencieuse qui me devint soudain encore plus audible, affleurant à ses lèvres. « Regardez-les, ces bureaucrates ! Ils comptent déjà le temps avant la ripaille. Et savent-ils combien de temps il fallait à une compagnie pour s'emparer de cette colline ? Et combien d'hommes il fallait coucher pour la tenir ? Savez-vous combien d'éternités dure chaque seconde quand on s'arrache à la terre et que l'on se jette sous le feu ? »

Il se tut soudain. Quelqu'un pensa à la fin du discours. Deux ou trois claquements de mains retentirent avec hésitation. Puis tout le monde se figea, le regard rivé à cet homme au milieu de la place. Son immobilité faisait de lui une haute pierre levée, indifférente à l'agitation humaine. Dans ce silence tombé, nous sembla-t-il, du ciel, on entendit le grand souffle du vent chaud qui parcourait la plaine.

Pendant quelques instants, le vieux géant porta sa vue au loin, au-delà de nos têtes, au-delà du bâtiment inachevé qu'on avait voulu lui cacher, au-delà de la Volga, dans l'infinie solitude des steppes. Et je crus qu'il voyait même la croix faite de deux branches de bouleau, au-dessus d'une tombe inconnue.

Cette minute de silence (en réalité, six ou sept secondes) était très probablement involontaire mais elle changea le sens de la cérémonie. Le géant s'éveilla et, dans un accord final plus rocailleux que les paroles précédentes, il parla de la victoire, de l'honneur, de la patrie. Il souleva ses bras et nos cœurs suivirent le mouvement. Les applaudissements, pour la première fois peut-être lors d'une telle cérémonie, étaient sincères.

Les officiels l'entourèrent et, recréant leur escorte de Lilliputiens, se mirent à le diriger vers la descente. Mais avec son art de faire plier l'espace à sa volonté, il rompit leur encerclement et marcha à grands pas le long de l'encadrement formé par les jeunes. Il les passait en revue. Les figurants en chemisette blanche firent de larges sourires, chacun agita l'œillet qu'il avait reçu pour l'occasion. Le géant passait, les dévisageant avec une ombre de déception. Devant notre carré, il s'arrêta. Nous n'avions pas de fleurs et nous ne souriions pas, restant au garde-à-vous. Je ne sais pas s'il comprit qui nous étions, avec ces visages pelés, ces cheveux ras, ce peu de différence entre garçons et filles. Je pense que oui. Il dut comprendre, en tout cas, que nous venions d'une autre époque, l'époque qu'on essayait d'enterrer sous le béton du mémorial. L'époque qui lui était chère. Il nous regarda, en hochant la tête et en plissant les yeux, comme pour dire : « Tenez bon ! » Et nous le vîmes s'éloigner, non pas avec sa suite mais avec un militaire âgé. Tous deux ils n'avaient pas besoin de l'interprète qui se faufilait entre eux. Le militaire faisait de larges gestes en expliquant sans doute les mouvements des troupes, l'emplacement des pièces d'artillerie, les percées des divisions blindées. Le vieux géant approuvait, palliant avec les mains les retards de l'interprète dépassé...

Au surveillant qui nous attendait près du bus, je parlai avec l'air d'un condamné à mort qui formule son dernier souhait : « Il me faut voir quelqu'un à la ville. Ma tante... Si on ne me laisse pas partir, je m'en irai de toute façon. » Il me scruta, mesurant la frontière instable entre la soumission illimitée dont nous faisions preuve d'habitude et la révolte qui pouvait éclater au moment le plus inattendu. À ce moment-là, où l'on nous promettait, pour le lendemain, toute une matinée de baignade dans la Volga. Bon psychologue, il sentit qu'il s'agissait d'un cas exceptionnel. « Si demain tu ne te manifestes pas, je te donne à la milice comme fugueur, ce sera la colonie de rééducation. Tiens-le toi pour dit. Et maintenant file, tu pourras encore avoir le dernier train. Attends, prends ça pour ton ticket. »

Le lendemain, Alexandra l'appellerait et, en prétextant l'insolation et la forte fièvre, gagnerait pour moi ces quelques jours que je passerais chez elle et qui compteraient dans ma vie plus que certaines années.

J'arrivai vers dix heures du soir et, sans rien expliquer, je lui racontai tout, avec la hâte essoufflée qu'on aurait pu justement prendre pour de la fièvre ou le début de l'ivresse. La fenêtre donnant sur les voies de chemin de fer était ouverte, on entendait le martèlement lourd d'un train venant de l'Oural. Elle prépara le thé, alluma la lampe. Je devinai son émotion seulement quand d'une voix très calme, trop calme, elle demanda : « Et de quoi a-t-il parlé ? »

J'inspirai profondément et soudain j'éprouvai un violent étouffement de mutité. Je pouvais raconter ce mouchoir qui essuyait la glu de l'esturgeon. Je me souvenais de la moindre des mimiques du vieux géant. Je gardais en mémoire même l'instant où au milieu de son discours la forme d'un verbe, ancienne à mon oreille, était apparue (un quelconque « naquit » ou tout simplement « fut ») et m'avait frappé comme la vue d'un reptile préhistorique. Il m'eût été facile de dire : « Il a parlé de la guerre, de la victoire, de la reconnaissance que les peuples gardent à leurs héros... » Or, l'essentiel n'était pas là mais dans cette voix silencieuse que j'avais cru entendre, dans le regard qui s'était porté vers la croix oubliée au milieu de la plaine... Mais comment le dire ? Et puis, était-ce réel ou rêvé ?

Voyant mon désarroi, Alexandra pensa que je n'avais pas pu suivre le langage oral ou que le contenu du discours était trop complexe pour un adolescent de mon âge. C'est sans doute pour me tirer d'embarras qu'elle dit sur le ton d'une réminiscence très lointaine : « Il était déjà venu dans la ville. En quarante-quatre. Oui, à l'automne quarante-quatre. Je ne l'ai pas vu. L'hôpital était bondé, on travaillait jour et nuit. Mais nous avions parlé de lui pour la première fois bien avant... »

« Nous, c'est qui ? demandai-je en sortant de ma torpeur.

— Nous, c'est moi et... Jacques Dorme. »

Mon « insolation » dura moins d'une semaine. Le destin de Jacques Dorme, l'esquisse fragmentaire de ce destin, eut le temps de se tisser pour toujours à ce que j'étais. Le récit d'Alexandra, ce mois de juillet 1966, fut de ceux qu'on ne peut faire qu'une seule et unique fois dans la vie.

Quatre ans et quelques mois après la cérémonie sur l'esplanade, j'appris la mort du grand vieil homme. Le regard qui embrassait la steppe au-delà de la Volga et cette minute de silence qu'il avait alors fait durer venaient de se fondre dans l'éternité. Je vois encore le kiosque à journaux, près du pont Anitchkov à Leningrad, la page avec son portrait, le communiqué de sa mort. « Les Lilliputiens ont gagné », pensai-je, en achetant le journal. Je ne devinais pas encore à quel point cette formule était juste. J'étais pourtant déjà assez adulte pour savoir que cette mort avait été précédée par la trahison des uns, par la lâcheté des autres. Surtout par l'ingratitude d'un pays dont il avait jadis sauvé l'honneur.

Dans ma mémoire, il resterait cependant inchangé : un vieux géant au milieu d'un ancien champ de bataille et qui rend hommage aux guerriers tombés. Seule une phrase de lui que, bien plus tard, je découvrirais dans un livre s'ajouterait à cette vision, comme pour répondre à la question d'Alexandra qui voulait connaître ses paroles : « Maintenant que la bassesse déferle, eux regardent le Ciel sans pâlir et la Terre sans rougir. »

V

Ce jour-là disparaît toute distance entre le pénible devoir de vivre et la calme acceptation de mourir.

Une journée de mai 1942, à une trentaine de kilomètres de Stalingrad, la chaleur épaisse comme du goudron, des rails encombrés de pansements sales, d'éclats de bombes, d'immondices. Un convoi vient d'être touché. Les cheminots essayent de détacher la citerne en feu pour la tracter sur une voie de garage. Son pétrole brûle en plongeant les environs dans une nuit percée par un soleil violet. Le mouvement des trains devient tâtonnant mais ne s'interrompt pas — la seule chose qui compte. Des convois vers l'ouest : des soldats, des obus, des armes. Des convois vers l'est : de la chair mutilée, digérée par les combats. La gigantesque cuisine de la guerre, une immense chaudière qu'à chaque minute il faut alimenter avec des tonnes d'acier, de pétrole, de sang.

Alexandra se retrouve serrée entre le mur des citernes immobilisées et les wagons qui avancent sur la voie voisine. Si le feu se propage, le nœud ferroviaire sera un brasier long d'un kilomètre. Il faudrait tomber, ramper sous le convoi, ressortir de l'autre côté, fuir. Elle ne bouge pas, fixe son reflet sur le flanc de la citerne luisante de pétrole. Muet, s'articule soudain en elle son prénom, son vrai prénom et son nom français. Sa vie égarée ici, dans ce crépuscule de midi, dans ce pays étranger qui agonise autour d'elle. L'air brunâtre, les cris des blessés, son propre corps dissous dans la chaleur, la souillure, l'abrutissement de l'effort, l'asphyxie. Elle se dit que la mort ne pourra jamais déboucher sur une torture aussi riche. Au bout du convoi la fumée grossit, on ne voit plus les rails...

Son reflet se met à glisser, disparaît. On a réussi à couper le convoi en deux, à éloigner la partie en flammes. La vie peut reprendre. Une vie qui se confond si bien avec la mort.

À travers le martèlement des roues, elle entend une voix l'appeler : « Choura ! » Elle revient dans sa vie russe, se remet au travail. Avec d'autres femmes, elle dénoue, jour après jour, le chassé-croisé des convois, le va-et-vient des locomotives. Tout se passe dans la tension des nerfs à nu, au milieu des hurlements et des jurons, dans l'oubli de la fatigue, de la faim, de soi. Un machiniste l'injurie, elle répond avec une hargne brève et efficace. Une collègue l'aide à descendre un mort du convoi des blessés. Elles l'empoignent, le posent sur une pile de vieilles traverses. Les yeux de l'homme, ouverts, paraissent animés, on y voit monter la fumée du pétrole incendié. Deux autres convois la serrent entre leurs murailles, l'un se dirige vers l'ouest (un criaillement de bandonéon, le visage souriant d'un soldat qui, les mains en porte-voix, la demande en mariage), l'autre vers l'est, silencieux (dans une fenêtre, une tête entièrement recouverte de pansements, une bouche qui tâche de saisir un peu d'air). Et pour elle, entre ces deux murs en mouvement, un semblant de solitude et de repos. Et cette pensée : pourquoi m'accrocher à cet enfer ? Elle regarde sa main droite, ses doigts mutilés dans un bombardement. Ses pieds dans de grosses bottes de soldat. Elle devine, sans le voir, le masque desséché et vieilli de son visage.

Les trains se retirent presque au même moment. Un homme marche en enjambant les voies, en agitant tranquillement une petite valise, sans se soucier des manœuvres chaotiques des convois. Il porte une tenue bizarre, mi-militaire, mi-civile. Sa démarche libre, les regards qu'il jette tout autour font de lui un paisible promeneur du dimanche tombé par hasard dans cette journée de guerre. Pour quelques secondes, il reste dissimulé derrière le rouleau de fumée, puis réapparaît, évite de justesse une locomotive, continue son excursion. « Un espion allemand... », se dit Alexandra, se rappelant les innombrables affiches qui invitent à démasquer ces ennemis qu'on parachute, semble-t-il en masse, à l'arrière. L'homme, la main en visière, observe le vol rapide d'un chasseur au-dessus des flammes, puis se dirige vers le poste d'aiguillage. Non, trop maladroit pour un espion. Celui-là va finir par passer sous les roues d'une draisine ou de ce train qui surgit en déchirant la fumée. Alexandra se met à courir vers l'homme, lui faisant signe de s'écarter, essaye de couvrir de son cri le grincement des rails. Elle le rattrape, le pousse, ils trébuchent tous les deux, fouettés par le souffle du train. Les mots qu'elle lui jette sifflent aussi comme des fouets. Des mots rêches, grossiers qui font de sa voix une voix d'homme. Elle sait que ses paroles sont laides, qu'elle-même doit être très laide aux yeux de ce vacancier égaré, mais ce dégoût lui est nécessaire, elle cherche cette douleur et ce mal sans issue. Le promeneur plisse les yeux, comme dans un effort de compréhension, un sourire aux lèvres. Il répond, explique calmement, avec une politesse incongrue, d'un autre âge. Il parle correctement, mais cette correction justement se remarque. « Il a un accent », se dit-elle et soudain, abasourdie, incrédule, elle croit deviner quel est cet accent.

Ils ont encore le temps d'échanger quelques mots en russe mais déjà la reconnaissance se fait, plutôt une rapide série de reconnaissances : le timbre de la voix, la mimique, un geste qui serait autre chez un Russe. Ils se mettent à parler français et c'est elle à présent qui a l'impression de parler avec un accent. Après vingt ans de silence dans cette langue.

Le même enfer les entoure, le même labyrinthe mobile de convois, le même grincement d'acier qui broie sur les rails le moindre grain de silence, les mêmes hélices qui, au-dessus de leurs têtes, lacèrent le ciel, et cette fumée qui fait passer sur leurs visages l'ombre des jours inconnus. Ils ne remarquent rien de tout cela. Quand le bruit efface la voix, ils devinent les paroles dans le seul mouvement des lèvres. Il sait qu'elle est infirmière mais que, blessée il y a trois semaines, elle a été envoyée à ce poste d'aiguillage. Elle sait qu'à la gare de Stalingrad il s'est trompé de direction et ne parvient pas à rejoindre l'escadrille à laquelle il est affecté. Pourtant, plus que le sens c'est, pour l'instant, la sonorité des mots qui importe, la simple possibilité de les reconnaître, d'entendre vivants ces mots français. De dire le nom de cette ville, près de Paris, où elle est née, une autre, près de Roubaix, sa ville à lui. Des noms qui sonnent comme des mots de passe.

Ils garderont la sensation de ne pas s'être quittés. À trois heures du matin ils parleront toujours, assis dans une pièce sans lumière, devant leur thé froid. À un moment, ils s'apercevront que la nuit a pâli et que cette naissance du jour est venue à travers le mur éventré. Ils s'étaient bien sûr quittés après leur rencontre au milieu des voies : il allait continuer sa recherche, elle allait courir vers la draisine des pompiers. Ils avaient eu juste le temps de se donner ce rendez-vous très tard dans la soirée. Mais pour eux, existe désormais un temps différent, ininterrompu, invisible aux autres, fragile comme cette pâleur qui glisse par l'embrasure du mur, comme la fraîcheur d'un merisier sous la fenêtre ouverte.

Ils n'auraient pas dû dire ce qu'ils se sont dit, lui parlant de son escadrille (secret défense !), elle avouant sa crainte (défaitisme !) : « Si les Allemands traversent la Volga, la guerre est perdue... » Mais ils ont parlé en français, avec le sentiment d'user d'une langue codée, faite pour les confidences et qui les éloignait des rails noyés dans la fumée.

Elle mesure cet éloignement surtout à présent, vers trois heures du matin. La première pâleur du ciel, la senteur du merisier, un souffle frais venant de la Volga. Le visage de l'homme en face d'elle, ce thé très fort dans leurs tasses, le thé qu'il a apporté et dont elle avait oublié depuis longtemps la saveur. Même les instants de silence entre eux sont différents du silence qu'elle entend d'habitude. Pourtant l'enfer est tout proche, à quelques centaines de traverses de cette maison. Dès cinq heures, elle y plongera. L'homme ira rejoindre sa compagnie. Elle l'entend raconter les derniers jours avant la guerre, en août 1939, qu'il a passés à Paris. Il sortait du cinéma (il venait de voir *Toute la ville danse* : « Pas terrible... Une jolie musique ») quand, derrière la vitre d'un bureau, il a vu cette femme blonde affublée d'un masque à gaz et qui parlait au téléphone. Un entraînement... Ils rient.

Il n'y a aucune suite dans ce qu'ils se confient. Ils ont trop d'années, trop de visages à évoquer. Dans l'obscurité, elle a moins de peine à lui parler de la douleur qu'elle porte en elle et qui l'étouffait hier, quand ils se sont rencontrés. Elle avait connu la même détresse il y a sept ans. Son mari (« mon mari russe... », précise-t-elle) venait d'être arrêté et fusillé après un procès long de vingt minutes. Elle avait alors désiré la mort, y avait pensé avec une sorte de gratitude, avait imaginé aussi une autre solution : fuir la ville sibérienne où on l'avait exilée, faire l'impossible, rejoindre la France. Cette pensée l'avait retenue en vie. Elle avait traqué la moindre nouvelle venant de Paris. Un jour, elle était tombée sur ce recueil de textes : une dizaine d'écrivains français traduits en russe. Le premier s'intitulait : « Staline, l'homme à travers lequel on voit le monde nouveau ». Puis ce poème qui avait pour titre « Hymne à la Guépéou ». Les vers célébraient la police secrète qui avait tué son mari, parmi des millions d'autres... Elle avait lu le recueil jusqu'au bout, ne parvenant pas à imaginer le type humain de ces Français-là, à imaginer leur regard qui choisissait cet aveuglement ignoble, leurs bouches qui osaient ces paroles.

Elle dit à Jacques Dorme qu'à présent cette idée d'atteindre la France lui paraît encore plus invraisemblable. Non pas à cause des poètes français qui chantent la Guépéou, mais à cause de la guerre, la même de la Volga à la Seine. À cause des convois de blessés qu'il faut envoyer à l'arrière.

Il parle de la maison où il a passé son enfance et sa jeunesse, des unités allemandes qui traversent à présent la rue devant les fenêtres du salon. Sur le mur de cette pièce, il y a une photo de son père, très jeune encore, qui était parti à la guerre, à l'autre guerre, « la Grande », et en était revenu vieux, pour attendre la mort en 1925. Il ne sait pas si le souvenir qui lui reste de son père est lié uniquement à ce portrait ou aux quelques secondes pendant lesquelles un enfant de trois ans voit, sur les marches du perron, un homme portant un sac à l'épaule, puis la silhouette de cet homme qui s'éloigne dans la rue et disparaît.

Le soir, ils se reverront, toujours avec la même impression de ne pas s'être quittés un instant.

« Je ne prétends à rien, je suis »...

Quand, de longues années après, je penserais à Jacques Dorme, ce seraient ces paroles qui évoqueraient le mieux, pour moi, sa nature d'homme, le credo informulé de cet aviateur, de cet inconnu surgi derrière la fumée d'un convoi en flammes. Ces paroles prononcées par un roi de France.

Adolescent, j'ai voulu voir en lui un brillant héros et dans sa vie, une série d'exploits. Une habitude laissée sans doute par nos rêveries enfantines à l'orphelinat. Or, dès le début du récit que me faisait Alexandra, cet élan de grandiloquence s'est tu devant la simplicité de ce que j'entendais. Une vie qui ne se souciait pas d'être sculptée en destin, qui prenait du retard sur les événements et, parfois, restait même immobile, comme durant ces nuits, dans une chambre dont l'un des murs, défoncé, s'ouvrait sur le ciel et laissait entrer l'onde amère d'un merisier. Loin du temps des hommes.

Il débarqua trop tard en Espagne (mon désir de le voir à la tête d'une brigade internationale serait vain). En janvier 1939, deux mois avant la chute de Madrid. Avait-il espéré se battre contre l'aviation franquiste et les chasseurs allemands, conduire un Dewoitine ou un Potez qu'il avait pilotés en France ? La réalité, en tout cas, fut autre. Il ne se battit pas, mais emmena les débris des batailles perdues : des armes, des blessés, des morts. Et il vola non pas sur un fringant avion de chasse mais sur un lourd trimoteur de transport Junkers 52, pris aux nazis.

Il avait certainement rêvé de combats aériens et de petites étoiles marquées sur le flanc du cockpit, décompte des victoires. La souffrance des foules en déroute, cette ingénieuse multiplicité de souffrances qu'invente la guerre, lui donna une idée plus humble de son travail de pilote : déplacer les gens de l'endroit où l'on souffrait beaucoup vers un lieu où l'on souffrirait moins.

Il finit même par se réconcilier avec son avion boche. Au début, il se persuadait que bien le connaître pouvait être utile pour savoir, en cas de guerre avec l'Allemagne, mieux abattre les appareils de ce modèle. Plus tard, la fidélité patiente de la machine réchauffa leurs rapports d'une amitié presque humaine, bougonne et indulgente dans les moments difficiles. « Je l'ai rééduqué... », disait-il aux pilotes russes qu'il croisait souvent et qui lui avaient appris quelques bribes de leur langue. Il ne pouvait pas encore deviner l'importance que prendraient, un jour, ces deux détails somme toute insignifiants : la connaissance de ce vieux Junkers et la capacité de dire une dizaine de phrases en russe.

Il apprit aussi que les souvenirs de guerre guettaient surtout à l'orée du sommeil où ils tissaient, pour un pilote, des cieux encombrés de poutres d'acier, de bouts de câbles, de branchages dans lesquels l'avion se frayait un passage tortueux, insupportablement lent. Il se réveillait souvent, étouffé dans ces écheveaux. Et le jour, c'est le vide qui le surprenait. Cette ruelle déserte à Port-Vendres, à quelques heures des derniers coups de feu, à quelques kilomètres des villes bombardées et des foules hurlantes, cette fenêtre ouverte d'un rez-de-chaussée, une femme qui repasse du linge, sa fille qui, de la rue, tend une poupée et la pose sur l'appui de la fenêtre, le chuintement doux de l'eau sous le fer, la vapeur qui a le goût poignant d'une vie heureuse. Il lui faudrait plusieurs mois pour s'habituer à ces béances de bonheur et de routine, les pièges de l'oubli.

À Paris, il essaya de peupler ce vide par la volubile excitation du cinéma, alla voir tous les derniers films et remarqua, à une séance, cette spectatrice qui pleurait : sur l'écran, l'héroïne sanglotait, le visage intact levé au-dessus d'une lettre. Il ne suivit plus l'intrigue, se souvint des rues de Barcelone, d'une mère hagarde avec un enfant mort dans ses bras... En sortant, il s'amusa à observer une jeune blonde qui, derrière la vitre d'un bureau, parlait au téléphone, la tête défigurée par un masque à gaz. C'était amusant et aussi troublant pour lui, car la jeune femme ressemblait beaucoup à sa fiancée. Il venait de recevoir une lettre de rupture : elle lui reprochait son engagement en Espagne, son absence qu'elle ne voulait plus supporter et qu'elle appelait « ton penchant pour le vagabondage ». Il sourit, avec aigreur. Derrière la vitre un homme rajustait le masque sur la tête de la femme blonde qui tournait vers lui son museau de tapir. Non, c'était plutôt amusant. Il se promit de le raconter aux siens qu'il devait revoir au début du mois de septembre.

Le jour de son arrivée dans la maison familiale fut celui où l'on déclara la guerre. Son frère de seize ans cachait mal sa joie : il rêvait de devenir capitaine de bateau. Jacques Dorme l'entendit même s'écrier : « Pourvu que ça dure un peu ! » Il ne dit rien, sachant que pour craindre et haïr vraiment la guerre il fallait l'avoir faite. Au moment du départ, sa mère prononça presque les mêmes paroles, sans doute, que celles qu'elle avait adressées à son mari, en 1914. Le portrait du père était toujours au même endroit, au salon, mais à présent cet homme photographié un an avant son départ au front paraissait à Jacques Dorme étonnamment jeune. Et il était réellement plus jeune que son fils.

Il se rappela l'épisode de la blonde au masque à gaz durant cette nuit sans sommeil, à Stalingrad, au mois de mai 1942, le raconta à la femme qu'il venait de rencontrer au milieu des trains. Ils rirent en imaginant le genre de grognement qu'un amoureux pouvait entendre à l'autre bout du fil. Et dans un bref vertige, il revit tout ce qui le séparait de cette journée parisienne, tout ce qui en moins de deux ans l'avait rendu autre, toute cette épaisseur de vie et de mort qui s'était engouffrée en lui. Une journée d'août à Paris, à la sortie d'un cinéma et, à présent, cette grande maison en bois à moitié détruite par une explosion, cette femme inconnue et soudain si proche, cette bourgade derrière la Volga, le terrible spasme d'un pays qui s'apprête à se battre pour sa survie, et le calme infini de ces minutes, de cette étoile dans la cassure du mur, de la senteur des grappes blanches qui respirent dans le noir. Et ce vertige à la pensée de ce qui l'a amené jusqu'à cet endroit.

Il s'efforcerait de le dire, cette nuit, dans le désordre des souvenirs, des oublis, des aveux inattendus pour lui-même. De temps à autre, un silence tomberait, ils se regarderaient, unis par la conscience de l'extrême faiblesse des mots.

Les silences cachaient aussi sa réticence à avouer qu'il avait plus d'une fois joué sa vie. Il parla de « serpentins enflammés » pour décrire les rafales traçantes dans les nuits de combats aériens en mai-juin 1940. Il venait de dire que les pilotes de son escadrille s'étaient battus à un contre cinq et se reprit aussitôt, craignant le ton de bravade, évoqua ces bouts de serpentins brûlants dans lesquels la chasse allemande les emmêlait. Comme par une nuit de bal...

Son dernier combat, Jacques Dorme le raconta aussi en quelques mots, surtout pour faire comprendre que sa présence ici, dans cette gare de triage, dans cette ville russe, tenait finalement à sa résolution teigneuse de rattraper un bombardier allemand, ce Heinkel vidé de ses deux tonnes de mort et qui revenait vers sa base comme on rentre du travail. Par un bel après-midi de juin... L'avantage de la vitesse qu'avait son Bloch sur l'Allemand était minime, il savait que la poursuite prendrait du temps. Il lui restait peu de munitions : il faudrait s'approcher prudemment, en évitant les nombreuses mitrailleuses du bombardier, manœuvrer à coup sûr, tirer sans compter sur une seconde chance. Il mit une heure interminable à compresser la distance, à affiner l'angle d'attaque et, à la fin, semblait connaître de longue date celui qui pilotait le Heinkel, deviner les pensées de l'homme derrière le reflet du cockpit... Il l'abattit en gardant cet étrange sentiment de lien personnel qui d'habitude n'avait pas le temps de se former dans la fièvre des rapides duels des chasseurs. À la satisfaction de la tâche accomplie s'ajouta cette idée à peine formulée : la vie de ce pilote et des hommes d'équipage, les ultimes secondes de leur vie... Il fut attaqué à ce moment-là, comme dans un cinglant rappel à l'ordre. Interdit de rêvasser ! La transparence de la vitre s'irisa sous des coulées d'huile giclant en éventail, le vent siffla dans cette coquille éclatée, le contour d'un Messerschmitt se dessina lentement, dans une abrupte plongée verticale. Il réussit à se poser sur le fuselage, perdit connaissance, se réveilla prisonnier.

Le récit de ce dernier combat est interrompu par le passage d'un convoi qui cadence sourdement sa lourdeur, dans le noir. Un convoi vers l'Est. Jacques Dorme se tait et ils restent tous les deux à écouter l'essoufflement du bruit et, d'un wagon à l'autre, un râle de douleur, un cri, une réponse injurieuse à ce cri. La fraîcheur de l'air se mêle avec la lie saumâtre des blessures.

« Je pense que, de toute façon, je n'aurais pas eu assez de carburant pour rentrer, je volais déjà très loin derrière la ligne du front. Je m'étais emballé... » Elle devine que dans l'obscurité il sourit. Comme pour s'excuser d'avoir parlé de sa victoire, de ses contorsions pour arracher son avion à la vrille, de son évanouissement. D'en avoir parlé tout près de ces wagons remplis de milliers de soldats qui oscillent au-dessus de la mort. Il sourit.

Si aimer a un commencement, ce dut être, pour Alexandra, ce léger sourire invisible dans l'obscurité.

Durant les mois de captivité, il revenait souvent, par la pensée, à ces jours de mai et de juin 1940 et, chaque fois, c'est l'abondance de ciel qui le frappait. Il n'y avait rien eu d'autre dans ces semaines de combats, aucun souvenir de ce qui se passait au sol, aucune rencontre dans les rues des villes, juste ce bleu, des archipels éclatés de nuages, un infini bleu d'où la terre avait disparu. Sa mémoire ne le trompait pas : avec plusieurs vols par jour, avec des sommeils brefs remplis de ces mêmes vols, il n'avait tout simplement pas le loisir de se retrouver souvent sur la terre ferme.

À présent, dans l'espace réduit du camp, la collante gravitation du sol pesait à la plante des pieds. Et la nuit, l'odeur de terre fraîche stagnait dans leur baraque, piquait les narines par son acidité humide. Ils étaient pourtant privilégiés, lui et les trois pilotes polonais avec qui il partageait cette bâtisse basse à côté de la ferme transformée en camp pour prisonniers de guerre. Il était passé par plusieurs autres endroits, d'abord en Allemagne, avant de se retrouver ici, à la frontière orientale de la Pologne écrasée. Tout le monde devinait qu'une autre guerre germait déjà. Ces pilotes emprisonnés pourraient être utiles. Les officiers allemands qui venaient de temps en temps en inspection leur faisaient comprendre qu'ils avaient tous désormais un ennemi commun et qu'entre gens civilisés il serait toujours possible de s'entendre. Ainsi avaient-ils droit à la même nourriture que les gardiens et à ce logis où, au lieu des bat-flanc, chacun disposait d'un lit. Ils allaient et venaient à travers le camp sans avoir besoin d'autorisation.

Au cours de ces flâneries, Jacques Dorme vit de l'autre côté de la route les baraques des prisonniers ordinaires et un jour, pour la première fois de sa vie, une exécution par pendaison : un des pendus était de très grande taille, ses orteils piquaient dans la terre comme la pointe d'une toupie, son corps fit plusieurs tours sur lui-même, avant de se relâcher... Jacques Dorme éprouva une vague honte, s'en voulant de ce statut d'aristocratie militaire dont jouissaient les pilotes.

C'est dans ce camp-là, derrière la route, qu'il aperçut durant l'été 1941 une longue colonne de soldats russes et sut ainsi que cette autre guerre que tout le monde attendait venait d'éclater.

Une nuit, l'odeur terreuse qui le poursuivait fut insupportable. Il se leva, traversa la pièce dans le noir, voulut pousser la porte et, soudain, derrière l'empilement de vieilles caisses aperçut une lueur, puis la silhouette d'un des Polonais. L'odeur venait de là. Il s'approcha. Les hommes, se voyant pris en flagrant délit, ne cachèrent plus rien. À l'angle de la maison, s'ouvrait dans le sol une trouée. Une tête y apparut, des yeux clignèrent dans le halo d'une allumette. Les Polonais se regardèrent. Sans échanger un mot, comme si tout simplement son tour était venu, Jacques Dorme se mit à enlever avec eux la terre de l'excavation.

Ils s'évadèrent par une nuit de déluge, au début de l'automne. Les gardes n'osaient pas mettre le nez dehors, les projecteurs ressemblaient aux lumières glauques d'un bathyscaphe, les odeurs, les traces des pas fondaient dans la boue. L'un des pilotes, Witold, connaissait bien la région. Le lendemain, ils arrivèrent au village où ils restèrent deux jours, cachés dans la cave d'un paysan. C'est lui qui les avertit qu'une battue était organisée pour retrouver les fuyards. Ils eurent le temps de se sauver mais, en s'engageant dans la forêt, se disputèrent : Witold voulait continuer vers l'est, les deux autres proposaient de tourner sur place, d'attendre, de se préparer à l'hiver. Jacques Dorme suivit Witold et c'est ainsi qu'après plusieurs nuits de marche, ils traversèrent, sans s'en être d'abord aperçus, la frontière russe et se retrouvèrent dans cet univers instable et trompeur qu'est l'arrière d'une guerre.

Ils tombaient sur des villages aux vergers lourds de fruits mais dont les rues étaient habitées de cadavres, comme ce hameau-là, dans la région de Kiev, où une dizaine de femmes fusillées semblaient se reposer après une journée de récolte. Ils contournaient les villes — dans la nuit, il leur arriva d'entendre des chansons allemandes, des voix avinées. Un jour, ils se retrouvèrent à l'intérieur d'un territoire encerclé, croisèrent des unités russes mais n'essayèrent pas d'aller à leur rencontre : ce n'était plus une armée mais des débris humains qui se collaient les uns aux autres, se repoussaient dans la boue, s'arrachaient la nourriture, tombaient, tués par les officiers pressés d'arrêter la fuite, les tuaient pour se frayer un passage. Il y avait au milieu de cette coulée désordonnée des îlots étonnamment stables, des détachements qui, isolés, sans espoir d'aide, creusaient des abris, rassemblaient des armes, préparaient la défense.

Quand le nœud coulant se resserra et que toutes les directions devinrent pareillement mauvaises, ils se cachèrent parmi les morts d'un champ de bataille. Les régiments allemands passaient à quelques mètres d'eux, le son d'un harmonica ricanait parfois dans un souffle de vent, mais il y avait tant de corps étendus à travers la plaine, dans les tranchées, derrière les rondins éclatés d'une fortification qu'il eût fallu toute une armée pour débusquer ces deux vivants : ce grand Polonais roux allongé dans un cratère d'obus, ce Français brun dont les yeux mi-clos épiaient le passage des camions. La nuit, pour oublier le froissement des ailes qui battaient sans arrêt au-dessus des cadavres, ils parlèrent longuement, dans le mélange habituel de mots polonais, russes, allemands, français. Ils s'étonnaient tous les deux de voir les Allemands engagés si profondément déjà au cœur de la Russie. « S'ils continuent comme ça, jugea Witold, avant l'été ils couperont la Volga et, pour les Russes, la Volga c'est comme... » Du tranchant de sa main il se raya le cou, à la carotide. Ils se dirent aussi que depuis des semaines on ne voyait plus aucun avion russe dans le ciel.

Au début de l'hiver, ils furent arrêtés puis adoptés par un groupe de partisans qui vivaient dans un camp retranché au milieu des forêts et des marécages. Passé le temps de la méfiance, on accepta leur participation et Jacques Dorme découvrit cette guerre invisible, enfouie sous l'humus, une lutte souvent maladroite car menée par des vieux paysans armés d'antiques fusils mais qui, à la longue, épuisait l'ennemi plus que ne l'auraient fait des attaques régulières. Il constata aussi que dans cette guerre-là on se vouait une haine infiniment plus puissante que celle qu'il avait éprouvée dans le ciel. Un jour, ils réussirent à chasser les Allemands d'un village et retrouvèrent, à une croisée de rue, cette foule nue de femmes et d'enfants, debout sous la neige : des corps transformés, sous un jet d'eau, en une gerbe glacée. C'était sans doute la réponse à ce qu'on voyait parfois le long des routes : un soldat allemand, déshabillé, en statue de glace, lui aussi, et dont le bras soulevé et figé indiquait la direction marquée sur un écriteau suspendu à son cou : « Berlin ». Ou bien l'idée venait-elle de l'occupant ? Jacques Dorme vit le regard du paysan qui avait reconnu sa femme dans le groupe transformé en glace et comprit que cette question ici n'avait plus de sens.

En mars 1942, un avion qui venait livrer des armes dans les camps des partisans embarqua les deux pilotes. Ils se mirent à chanter de joie quand l'avion décolla. Jacques Dorme ne savait plus dans quelle langue il chantait.

Ils avaient imaginé la fin de leur périple ainsi : un aérodrome, une rangée de chasseurs, des mécaniciens qui s'affairent autour des appareils et un chef d'escadrille qui leur demande de montrer ce dont ils sont capables, avant de les engager.

Ce qui leur arrive n'est pas très éloigné de leur espoir. Il y a un terrain qui pourrait faire penser à un aérodrome mais il est vide, on voit juste la silhouette du bombardier russe Pe-2, sans train d'atterrissage, au fuselage criblé de trous. Quelques baraquements tiendraient lieu de hangars mais aucun mécanicien n'y travaille. Il y a en revanche le va-et-vient de soldats qui semblent préparer l'évacuation des lieux. Et les avions, on les entend dans le ciel, du côté de la ville. « Des Junkers 87, oui des stukas... », reconnaissent les pilotes. Ils sont enfermés dans un des hangars et essayent de ne pas interpréter cela comme un mauvais signe. La porte s'ouvre : encadré de deux soldats, apparaît celui qu'ils espéraient chef d'escadrille. C'est un homme petit, maigre, habillé de cuir noir, ceint d'un baudrier. Son manteau, ses bottes scintillent au soleil. Il ne les salue pas, annonce qu'on va les interroger séparément et dit aux gardes, en indiquant Witold : « Emmenez-le... »

Jacques Dorme suit l'action à travers une large fissure entre les planches du mur. Au milieu de la cour, on voit une table de bois, deux bancs. L'homme en cuir noir s'installe, Witold veut faire de même mais les soldats l'empoignent, le retiennent debout. L'endroit se met soudain à ressembler à ces arrière-cours incertaines où l'on s'égare durant les mauvais songes. Il y a cette table, en plein soleil, au milieu de la neige piétinée. Les soldats qui transportent des caisses, des bidons d'essence, des marmites : ils traversent la cour sans prêter attention à l'interrogatoire, disparaissent de l'autre côté. Le hurlement des avions devient parfois assourdissant, puis s'interrompt et l'on entend alors la chute sonore des gouttes qui glissent du toit encore alourdi de glace.

L'homme en cuir crie un ordre et le manège des porteurs s'arrête. On ne voit plus que la table de l'interrogatoire et ce camion militaire garé sous un arbre.

Quand le bruit des avions faiblit, Jacques Dorme saisit certains mots mais plus que les mots c'est la différence entre ces deux hommes qui compte, il le sent, c'est d'elle que dépend l'issue : ce pilote, grand, au visage ouvert, à la voix ferme et cet homme en noir, très soigné malgré la boue printanière et qui dévisage le Polonais sans cacher sa haine. À un moment, leurs voix montent. Pour couvrir la stridulation des stukas, se dit Jacques Dorme. Mais le ton continue à se durcir même dans le silence revenu. Il voit l'homme en cuir noir se lever, les deux poings sur la table. Witold crie en agitant les mains, les soldats lui pointent leurs mitraillettes dans les côtes. Jacques Dorme entend le nom de Staline que le Polonais crie avec un éclat de voix méprisant. L'homme en noir se relève de nouveau, sa bouche se tord, siffle plusieurs fois : « Chien d'espion... », et soudain, il se met à dégainer. Les secondes deviennent incroyablement longues. Witold et les deux soldats le regardent faire, immobiles. Jacques Dorme croit que cette fixité des regards dure au moins une minute. L'homme empoigne le pistolet, tout le monde a le temps de prendre conscience de ce qui se passe, Witold a le temps de lécher ses lèvres. Et le coup part, puis un autre.

Jacques Dorme comprend que cela est impossible. On ne tue pas un homme comme ça, sans jugement. C'est un coup à blanc, sans doute, pour faire peur. On ne peut pas tuer un homme devant cette table, sous ce soleil... Witold tombe. L'homme en cuir noir range son pistolet, les soldats tirent le corps dans la porte ouverte d'une baraque.

Se retrouvant sur le banc, Jacques Dorme a l'étrange sentiment qu'il n'a pas quitté son poste d'observation, derrière le mur du hangar, qu'il continue à observer la scène, qu'il y a tout simplement cet autre homme, lui, qui va maintenant parler pendant quelques minutes et ensuite mourir. Celui qui regarde par la fissure devrait faire quelque chose : se jeter sur le petit homme en cuir, lui arracher son pistolet, crier, alerter un commandant. L'homme répète sa question, un des soldats pousse le canon de sa mitraillette dans la nuque de Jacques Dorme, l'incitant à parler. Il répond, s'étonne de la correction mécanique de ce qu'il dit, se rend compte qu'il parle en russe et que c'est la première fois que cette langue lui est à ce point utile. Il a encore assez de sang-froid pour comprendre l'étrangeté de cette première fois. Pour comprendre que ses réponses n'écarteront pas ce qui l'attend et que cette connaissance du russe est la charge la plus lourde contre lui, contre cet « espion » parachuté par les Allemands et qui se fait passer, quelle fantaisie ! pour un pilote français. Il croit surtout avoir reconnu l'homme en cuir, non pas lui, mais ce type d'hommes qu'il a découvert en Espagne. Des hommes en cuir noir. Les aviateurs russes, il s'en souvient, interrompaient leurs discussions quand l'un de ces hommes s'approchait, et Jacques Dorme ne parvenait pas à comprendre cette crainte chez des pilotes qui croisaient la mort dix fois par jour. Ils se raidissaient et donnaient pour toute explication une combinaison de lettres : la Guépéou ou encore le NKVD...

Le hurlement des avions en piqué efface les paroles. Ils se taisent l'un face à l'autre, les yeux dans les yeux. Subitement, Jacques Dorme devine que l'homme en cuir a très peur, que ces étroits yeux marron louchent de peur. Un avion passe au-dessus des hangars, plonge sur les fantassins qui, dans la rue voisine, préparent l'évacuation. Il y a des cris, le piétinement d'une foule. Jacques Dorme lève le regard, remarque l'encoche d'un autre avion et dans un ciblage machinal, immédiat, évalue l'angle, la distance, la vitesse d'approche... Il veut prévenir l'homme en cuir mais celui-ci court déjà, court lentement, embrouillé dans les pans raides de son manteau, la main serrant la gaine du revolver. Il devrait tomber, se jeter derrière un mur, sous ce banc où se glisse Jacques Dorme mais le stuka passe déjà, perce les oreilles de sa stridulation, mitraille.

Il y a toujours la même table au milieu de la cour, le même soleil, la glace qui fond en longues gouttes irisées. Et à présent, près du marchepied du camion, ce corps en cuir noir, recroquevillé, la tête éclatée retombée sur la poitrine. « L'homme qui voulait me tuer... », se dit Jacques Dorme sans saisir encore le sens de ses paroles. « L'homme que j'ai voulu sauver... »

Il n'a pas le temps de prendre conscience de ce qui lui arrive. Un tout-terrain s'arrête dans la cour, l'officier qui les y a conduits ce matin descend, lui donne une tape sur l'épaule : « Alors, ça y est, il vous a contrôlés, notre chasseur d'espions ? » Jacques Dorme, d'un coup de menton, lui montre le camion. L'officier lance un long sifflement, suivi d'une bordée de jurons. Il va voir le cadavre, s'incline, retire le pistolet et explique avec un clin d'œil : « Il a tué plus de Russes que d'Allemands avec ça. Seulement ne répète à personne ce que je te dis... » Jacques Dorme lui parle de Witold. Le même sifflement, un peu plus court, les mêmes jurons : « Pauvre Polack ! Vraiment pas de chance... Non, on n'a pas le temps. Les Fritz vont être ici avant la nuit. Monte vite, on doit voir le colonel Krymov. » Jacques Dorme refuse, argumente. L'officier insiste, s'emporte, agite le pistolet qu'il vient de prendre au mort. Jacques Dorme sourit : « Vas-y, tire, il y en aura au moins un qui ne sera pas Russe. » Ils finissent par charger le corps de Witold dans la voiture et partent en louvoyant entre les cratères de bombes et les carcasses des camions en feu.

Le colonel Krymov est introuvable. Au poste de commandement, on hausse les épaules, son aide de camp leur conseille d'attendre. Ils décident de passer en revue toutes les maisons, peu nombreuses, où l'on voit de la lumière. La dernière à visiter est cette isba dont les vitres scintillent d'une lueur fuyante. Avant de frapper, ils s'approchent de la fenêtre, regardent. La pièce est éclairée par le rougeoiement du feu dans le grand poêle. Sur le lit, on voit se débattre un homme nu, lourd qui semble être seul, il se laisse tomber de tout son long, rebondit, retombe. Soudain sa main plonge dans le creux du lit et en extrait un lourd sein de femme qu'il malaxe entre ses doigts. Le lit est très profond, très creusé par le poids des amants et le corps de la femme est noyé dans ce giron. L'homme s'abat, émerge, sa main repêche cette fois une cuisse large, rosie par le feu. C'est un lit à roulettes : à chaque assaut, il se déplace en avant puis, un peu moins, en arrière. Un manteau militaire semble assis, raide, sur une chaise.

Ils voient Krymov une heure après, au poste de commandement. Il leur indique le chemin à prendre demain et conseille de partir très tôt car « ici, ça va être joyeux ». La dureté et la tristesse de sa voix surprennent Jacques Dorme. Joyeux… Il ne comprend pas. « Les limites de mon russe », se dit-il.

Il gèle très peu la nuit, la terre à l'angle d'un verger est légère. Quand la tombe est recouverte, Jacques Dorme enfonce une croix : deux bouts de planche serrés avec du fil de fer. « Finalement, tu as bien fait », soupire l'officier et il tire trois coups de feu dans le ciel avec son pistolet.

La pulsation de la vie toute neuve car sauvée de justesse l'empêchera de dormir. Surtout cette pensée : il ne pourra jamais expliquer à personne que la guerre, c'était tout cela aussi.

La guerre résonnait également dans la voix de son nouvel accompagnateur (Jacques Dorme finirait par croire que ses cornacs successifs ne savaient pas comment se débarrasser de lui). Ce lieutenant annonça avec un petit rire sec : « À propos, le régiment de Krymov... Haché menu. Pas un ne s'en est sorti. Du village, il ne reste plus une maison. Oui, un vrai hache-viande. » Le geste vint appuyer ses paroles.

Le lendemain, ils repassèrent dans ce village, repris entre-temps aux Allemands, et tombèrent sur un jeune télégraphiste mort, étalé sur la route, près du fil rompu par une explosion. Ses bras déchiquetés par les éclats, il avait serré les bouts du fil entre ses dents... Le lieutenant sembla étonné surtout par l'astuce du soldat.

Cette légèreté aussi, c'était la guerre.

Tout comme cette hallucination qui fit ressurgir, le matin suivant, l'homme en cuir noir...

Ils arrivèrent au bout d'un champ enneigé, reconnurent l'aérodrome qu'ils cherchaient depuis quatre jours, et là, autour d'un lourd trimoteur, la scène de l'interrogatoire se répéta comme dans le songe fiévreux d'un blessé. Il y avait cet homme portant un long manteau de cuir noir, un homme plus grand et assez différent du premier mais son rôle était le même. Pistolet au poing, il tournait au milieu d'un groupe de militaires, vociférait des menaces accompagnées d'injures, indiquait l'avion, et de temps en temps donnait une tape sur le fuselage. Il sembla ne pas remarquer l'arrivée de Jacques Dorme et de son guide, le lieutenant.

« Je connais votre travail de sape ! hurlait-il. Je vous ai pris la main dans le sac. Je sais que vous voulez saboter les décisions du Commandant suprême... » Mêlées aux jurons, ces accusations avaient, aux oreilles de Jacques Dorme, une résonance bizarre : le Commandant suprême, Staline, se retrouvant entre une « putain » et une « mère baisée »... Un militaire en combinaison de pilote intervint avec la voix d'un élève qui cherche à se justifier : « Mais, camarade inspecteur, on ne peut pas charger le double de sa capacité... » Il y eut une nouvelle procession de « mères » et de « putains », suivie cette fois par le Parti : « Si le Parti a décidé que cet avion pouvait prendre trois tonnes c'est qu'il peut les prendre ! Et celui qui s'oppose aux résolutions du Parti est un larbin fasciste et va être liquidé ! » Le canon du pistolet pointa dans la joue de l'aviateur qui avala sa salive et souffla : « Je veux bien essayer encore une fois, mais... » L'homme en cuir baissa le pistolet : « Mais ce sera la dernière. Le Parti ne tolérera pas la présence d'agents fascistes dans les rangs de nos escadrilles. »

Le pilote et un autre militaire prirent place dans l'avion. Jacques Dorme avait l'impression de les suivre, d'imiter leurs gestes dans le cockpit, de voir le tableau de bord... Il avait reconnu l'avion au premier coup d'œil malgré l'état de l'appareil : c'était un Junkers 52, le même modèle qu'il avait piloté en Espagne. On avait enlevé la mitrailleuse, démonté la tourelle (peut-être pour pouvoir charger les fameuses trois tonnes décidées par le Parti...). Et la surface du fuselage et les ailes avaient été badigeonnées d'un bleu trouble.

La piste était suffisamment longue mais l'élan s'engagea, poussif, les cahots de la course rabattaient l'appareil contre le sol. Une centaine de mètres avant la bordure de congères, l'avion sursauta, dressa le nez, puis colla à la piste, entama un virage, se déporta vers la neige vierge. Le moteur se tut.

L'homme en cuir tira son pistolet et se mit à courir vers l'appareil. Tout le monde le suivit mais d'un pas entravé, ne sachant comment éviter la lâcheté de la participation. Le pilote était descendu et se tenait près de l'avion, le regard sur celui qui courait. Son camarade s'était caché derrière, faisant semblant d'examiner une hélice.

L'homme en cuir aboya, la gorge rayée par l'air froid et la colère : « Non seulement tu n'obéis pas aux ordres du Parti mais tu as essayé de détruire le matériel de guerre. Et pour ça, vous passerez tous devant une cour martiale, et toi aussi ! » Il se tourna vers un gradé qui restait à l'écart.

Le lieutenant intervint à ce moment-là, se présenta, présenta Jacques Dorme. L'homme en cuir les dévisagea avec morgue, puis s'écria sur un ton très aigu : « Mais qu'est-ce qu'il attend. Qu'il monte, qu'il prouve qu'il est pilote et non pas un espion qu'on a parachuté cette nuit ! »

Jacques Dorme contourna l'avion, demanda à voir le chargement. Le pilote soupira, ouvrit la porte, ils grimpèrent dans la carlingue obscure du Junkers. L'intérieur était occupé par de grandes caisses en bois remplies à ras bord de ferraille : épaisses dalles de fonte, chenilles de chars... Ce vol d'essai était sans doute prévu pour mesurer la cargaison maximale. Ils descendirent. On entoura Jacques Dorme. Le silence était d'acier. On entendait les bourrasques siffler sur le tranchant des pales. « C'est faisable, affirma Jacques Dorme, mais j'aurai besoin d'une chose... »

L'homme en cuir eut une grimace de méfiance : « Quoi encore ? Un moteur supplémentaire, peut-être ? » Jacques Dorme secoua la tête : « Non, pas un moteur. Il me faudra deux morceaux de savon... »

Le rire explosa avec une telle violence qu'un vol de corbeaux s'arracha du toit d'un hangar et se jeta au-dessus des champs comme emporté par une tempête. Le lieutenant riait, plié en deux, le pilote le front contre le fuselage du Junkers, le gradé les poings serrés contre les yeux, les autres en pivotant, les jambes flageolantes, comme ivres. Une casquette roula sur la neige, des yeux pleuraient. L'homme en cuir s'agitait entre eux, donnait des coups de crosse dans les dos, sur les épaules... En vain, car ils riaient, se trouvant trop près de la mort. Quand, enfin, les spasmes se calmèrent, quand les militaires cessèrent de se savonner, par jeu, le cou et la poitrine, le rire s'empara de l'homme en cuir. Il n'y pouvait rien, forçait sa voix pour paraître menaçant, figeait les muscles de son visage, mais l'éruption faisait éclater ses lèvres serrées, déformait son masque de cire, il couinait. Les autres le regardaient en silence, la mine préoccupée, presque affligée. C'est probablement pour sauver la face qu'entre deux couinements, il cria : « Apportez-lui ce qu'il demande ! »

L'avion accéléra, parcourut toute la longueur de la piste et stoppa. Jacques Dorme sauta à terre, alla rejoindre l'homme en combinaison resté au milieu des caisses de la cargaison. À l'autre bout du champ on voyait l'inspecteur qui courait vers eux, en agitant son pistolet... Ils soulevèrent l'extrémité d'une longue caisse qui trônait au milieu. Jacques Dorme glissa sous ses planches deux morceaux de savon, un de chaque côté. « Si tu réussis à la pousser, dit-il à l'homme qui commençait à comprendre, on est sauvés... » Et il lui expliqua à quel moment exactement il fallait jouer avec le centre de gravité.

L'avion reprit son élan, passa à quelques mètres de l'homme en cuir, s'arracha à la terre en rayant la bordure de glace. Et se mit à tomber.

De la terre, on vit qu'il gîtait sur l'aile gauche, perdait de la vitesse, s'immobilisait, leur sembla-t-il. « Kaput ! » souffla le gradé. Soudain, dans un balancement brusque, l'appareil bascula de l'autre côté, enfonça à présent son aile droite, mais moins dangereusement et en ralentissant moins. Et de nouveau, boita à gauche, puis encore une fois à droite... Il montait ainsi en réduisant à présent le tangage, en ressemblant de plus en plus à un avion ordinaire. « La petite crêpe ! » s'exclama l'un des aviateurs dans le groupe sur la piste. Et plusieurs voix reprirent, admiratives : « La petite crêpe... » La manœuvre leur était connue, destinée à arracher du sol des avions surchargés, mais que seuls les vrais as maîtrisaient.

Dans le ventre du Junkers, l'homme en combinaison était assis, le dos contre une longue caisse disposée en biais. Ses yeux étaient rougis, il respirait par saccades. Quand il reprit son souffle, il se leva, se traîna vers un hublot. En bas, sinuait une rivière, grise sous la glace, l'aérodrome n'était plus en vue. Il ouvrit la porte et se mit à jeter des bouts de ferraille, puis, en la poussant sur le sol savonné, une caisse entière. « Comme ça on est plus sûrs d'atterrir avec ce fou... » Il tendit l'oreille. Le pilote chantait. Dans une langue que l'homme ne connaissait pas.

À la fin du mois d'avril, Jacques Dorme apprit qu'il allait être affecté à une toute nouvelle escadrille, une unité spéciale qui acheminerait des avions américains depuis l'Alaska et à travers la Sibérie. Il fut déçu. Il avait espéré être engagé comme pilote de chasse, aller se battre au front. Un détail le consola : le trajet, long de cinq mille kilomètres, était jugé bien plus dangereux que le survol des lignes ennemies.

Il lui arriva souvent, durant ces semaines d'attente, de repenser à l'impossibilité d'expliquer la guerre ; il se disait qu'après, tout le monde en parlerait, la commenterait, accuserait, justifierait. Tout le monde, surtout ceux qui ne l'auraient pas faite. Et tout serait clair alors : les ennemis et les alliés, les justes et les monstres. Les années de combat seraient consignées, jour par jour, dans les mouvements des armées et les batailles glorieuses. On oublierait l'essentiel : le temps de guerre formait une multitude de minutes de guerre et derrière le vaste brassage des fronts s'embusquait parfois une cour ensoleillée, une journée de mars, un homme en cuir noir qui tuait un autre homme parce que l'envie lui venait de tuer, et dans la même journée, il y avait ce colonel Krymov, cet homme nu qui se hâtait de se rassasier de la chair d'une femme avant d'être haché par la mitraille, et aussi ce jeune homme, les mâchoires refermées sur le fil télégraphique… Il s'égarait vite dans ses souvenirs et en concluait que l'essentiel c'était de garder en mémoire tous ces fragments de guerre, toutes ces minuscules guerres des soldats oubliés.

Au début de mai, il traversa la Volga à Stalingrad et se rappela les paroles de Witold : « La Volga, pour les Russes, c'est comme… » Il se trompa, descendit du train trop tôt et marcha longtemps sur les rails d'une gare de triage. À travers la fumée d'une citerne de pétrole incendiée par les bombes, il aperçut une femme qui dirigeait le chaos de la circulation. « Voilà encore une autre guerre, pensa-t-il, cette femme, si belle, si mal vêtue, si vite oubliée… » Il ne comprit pas tout de suite que c'était lui que la femme hélait.

VI

L'été où Alexandra me parla du pilote français j'avais treize ans. Les questions que je posais concernaient la vitesse maximale de l'avion Bloch, le rayon d'action du bombardier que Jacques Dorme avait abattu, le modèle du pistolet dont était armé l'homme en manteau de cuir noir, le masque à gaz permettant de téléphoner (ceux que nous utilisions pendant des exercices paramilitaires à l'orphelinat n'offraient pas une telle possibilité)... Elle souriait, avouait son ignorance en la matière.

Des années plus tard, je saurais ce que taisait son sourire : l'infinie distance entre l'objet de ma curiosité et sa vie, longue de quelques jours, avec Jacques Dorme. Elle ne pouvait pas me raconter leur amour. À cause de mon âge, penserais-je d'abord, et je regretterais la stupidité de cet âge fixé sur des détails guerriers et des rebondissements aventureux. À cause de sa pudeur à l'ancienne, me dirais-je ensuite, en déplorant la fragilité des quelques furtifs instants de ce mai 1942 que le récit m'avait à peine donné à voir. Et puis, un jour, je comprendrais qu'il était impossible d'en dire davantage sur cet amour. Et que ces instants (« elle m'a parlé du temps qu'il faisait », pensai-je plus d'une fois avec aigreur), que ces rappels accidentels d'une pluie ou d'une matinée de brume étaient suffisants et qu'ils disaient l'essentiel de cet amour bref et simple. D'année en année, j'apprendrais à les lire mieux, à deviner leur lumière, à entendre le vent et le bruissement de la pluie qui pénétrait dans la brèche du mur et portait sa fraîcheur jusqu'au lit. Cet amour jamais évoqué allait se révéler, et mûrir en moi à mesure que je grandirais. Comme ce moment où s'était rompu le vieux collier de perles d'ambre et qui n'évoquait, au début, qu'une nuit de pluie et de vent.

Le vent repousse la touffeur résineuse des steppes, l'odeur du pétrole brûlé, la densité des souffles humains entassés dans des centaines de wagons. Les gouttes qui se mettent à cribler le plancher à travers la brèche s'accordent soudain avec le tintement des perles du collier rompu. Les corps suspendent, une seconde, leur combat amoureux, les respirations se figent et tout de suite s'unissent de nouveau, se perdent dans leur rythme gradué par le désir, laissent les perles glisser du fil et compter le temps.

Il me fallut avoir vécu pour comprendre et cette pluie, et la bienheureuse fatigue dont s'imprégnaient les gestes de la femme qui se levait, s'approchait de la brèche, restait dans l'enveloppement tiède et fluide de l'orage. Comprendre la lenteur des paroles qui s'effaçaient dans la coulée bruyante de l'averse, deviner que l'important était bien cette lenteur, et non pas le sens des mots. Comprendre que ces paroles effacées, ce bonheur des gestes alentis, la senteur du merisier mêlée à l'acidité des éclairs, tous ces traits qu'aucun souvenir ne retenait formaient une vie essentielle, celle que les deux amants avaient véritablement vécue, celle qui, la première, était condamnée à disparaître dans l'oubli.

Le souvenir du « temps qu'il faisait » cachait aussi cette autre nuit, l'immobilité hypnotique de l'air, l'épaisseur statique de l'orage qui n'éclate pas. Ils descendent, traversent les voies, s'éloignent de la bourgade, figée dans l'obscurité comme les décors dans un théâtre fermé, s'engagent sur un chemin ensablé de la steppe. Le silence laisse entendre le froissement de chaque pas et, quand ils s'arrêtent, le léger crissement des herbes desséchées. Les étoiles voilées de chaleur semblent plus vivantes, moins sévères pour la brièveté humaine. À un moment, un obstacle antichar hérisse ses poutres d'acier croisées. Ils touchent ces bouts de rails dressés dans le noir. Le métal est encore tiède du soleil de la journée. Dans la torpeur de la nuit, la kyrielle de ces croisillons ressemble aux vestiges d'une guerre ancienne, oubliée. Ils ne se disent rien, sachant qu'on ne peut pas éviter cette pensée : une ligne de défense, déjà de l'autre côté de la Volga, l'acceptation donc de voir la guerre franchir le fleuve, embraser sa rive gauche, étrangler Stalingrad. Ils le pensent et pourtant, l'acier soudé paraît sortir d'une histoire révolue, sans rapport avec cette nuit-là. Ils avancent en silence, sentant physiquement faiblir les liens qui les attachent aux maisons de la bourgade, aux écheveaux des voies dans la gare de triage, à leur vie là-bas. Il n'y a plus que le reflet crayeux du chemin, l'obscurité bleuie par le frémissement muet des éclairs et, soudain, à leurs pieds, l'abîme de ce ciel nocturne, les étoiles flottant à la surface noire de l'eau.

C'est l'une des boucles fluviales qui naissent au printemps, à la fonte des neiges, et que la steppe boit en quelques gorgées pendant la sécheresse de l'été. Son existence fugace est, pour l'instant, dans sa plénitude. L'eau remplit à ras bord les rives éphémères, l'odeur argileuse a l'air d'y planer depuis toujours. Et en plongeant, le corps est effleuré par les longues tiges solidement enracinées des jaunets.

Ils restent toute une heure dans ce flux lent, bougent peu, entamant une nage, puis s'arrêtant au milieu de l'étendue d'eau peu profonde. Les éclairs silencieux durent le temps suffisant pour se voir, pour voir cette femme, les cheveux humides, les mains lissant un visage renversé vers les étoiles. Voir les yeux fermés de la femme. La voir allongée sur la berge dont le sol très fin, très lisse, semble chauffé en profondeur.

« S'il n'y avait pas eu cette guerre, je ne t'aurais jamais rencontrée... » La voix de l'homme est à la fois très rapprochée, comme un chuchotement à l'oreille, et perdue dans le lointain des steppes. On doit l'entendre même là, à l'horizon scintillant d'éclairs de chaleur. « Non, ce n'est pas ce que je voulais dire, se reprend-il. Tu vois, cette plaine, cette eau, cette nuit, tout cela est si simple et, en fait, nous n'avons besoin de rien d'autre. Personne n'a besoin d'autre chose. Et pourtant, la guerre viendra jusqu'ici... » Il se tait, sent la main de la femme se poser sur son bras. Un oiseau passe, on entend le glissement feutré de l'air. Ils ont le sentiment que cette guerre toute proche a déjà traversé ces steppes, détruit, tué et s'est enfin dissipée dans le vide. Ils vont la vivre bientôt, certes, et pourtant une part d'eux-mêmes est déjà au-delà, déjà dans une nuit où les obstacles d'acier récemment installés ne sont plus que des vestiges rouillés. Où il ne reste que le brasillement insonore de l'horizon, cette étoile dans l'empreinte d'un pas remplie d'eau, le visage penché de la femme, la caresse des pointes humides de ses cheveux. Une nuit d'après-guerre, infinie.

Dans leur vie qui dura un peu plus d'une semaine, il y eut aussi cette matinée aveuglée de brouillard. Aucun avion dans le ciel, pas de risque de bombardement, des trains avançant avec une lenteur somnambulique. Les femmes qui travaillaient avec Alexandra l'avaient laissée partir, l'avaient presque forcée à prendre cette matinée car elles avaient appris ou deviné que c'était la dernière.

Il faisait froid, une journée d'automne, eût-on dit. Une fraîche et brumeuse journée de mai. Ils longèrent un champ, traversèrent un village d'où les habitants venaient d'être évacués. La présence du fleuve se trahissait dans le brouillard par le sourd écho du vide et l'odeur des joncs. Un des matins de leur vie... Ils sentaient que c'était le moment de dire des mots graves, définitifs, des mots d'adieu et d'espoir, mais ce qui venait à l'esprit paraissait lourd et inutile. Il fallait avouer que cette seule semaine avait été une longue vie d'amour. Que le temps avait disparu. Que la douleur à venir, l'absence, la mort n'atteindraient pas cette vie-là. Il fallait le dire. Mais ils se taisaient, sûrs d'éprouver, à la moindre vibration près, le même sentiment.

Invisible dans la cécité cotonneuse du brouillard, une barque passa, proche de la rive, on entendit les plongeons paresseux des rames, la plainte rythmique des tolets.

Pendant les heures qu'ils vécurent ensemble, Alexandra raconta à Jacques Dorme ce que j'apprendrais enfant. La venue en Russie, en 1921, d'une jeune Française qui faisait partie d'une mission de la Croix-Rouge, une venue temporaire, avait-elle cru, et qui devenait de plus en plus sans retour à mesure que, très rapidement, le pays se coupait du monde.

Ils parlèrent, en fait, de quatre pays différents : deux Russies et deux Frances. Car la Russie que Jacques Dorme avait parcourue, une Russie brisée par la défaite, était peu connue d'Alexandra. Quant à sa France à elle, celle du lendemain de la Grande Guerre et du début des années vingt, ses souvenirs s'étaient depuis longtemps confondus avec l'ombre douce et souvent illusoire d'une patrie rêvée. Lui avait connu un tout autre pays.

Un jour, au hasard d'une information écoutée à la radio, ces deux Frances se heurtèrent.

Ce jour-là, ils déjeunèrent ensemble. Quand le passage des trains sous les fenêtres s'interrompait et que se calmait le vrombissement des avions, on pouvait penser à un déjeuner par temps de paix, par un beau temps printanier... Ils s'apprêtaient à se quitter quand Alexandra, avec un air de mystère, murmura : « Ce soir, j'aurai besoin de ton aide. Non, non, c'est très sérieux. Il faut que tu mettes une chemise claire, que tu cires tes chaussures et que tu sois bien rasé. Ce sera une surprise... » Il sourit, promettant de venir tiré à quatre épingles. C'est alors qu'ils entendirent à la radio la voix du speaker, grave et aux accents métalliques, annonçant la chute de la ville de Kertch, parlant de la défense acharnée de Sébastopol... Ils savaient que cette nouvelle signifiait la perte prochaine de la Crimée, la percée allemande dans le sud, la route ouverte vers la Volga. La radio disait aussi que les Alliés n'étaient pas pressés d'ouvrir le « deuxième front ». C'est peut-être ce mot qui mit le feu aux poudres.

Alexandra parla sur un ton de moquerie acerbe qu'il ne lui connaissait pas. Elle faisait mine de s'étonner de la nonchalance des Américains, de la prudence des Anglais s'abritant sur le cuirassé de leur île. Et avec encore plus d'aigreur, elle se dit écœurée par la France, par la veulerie de ses chefs de guerre, par la traîtrise de son gouvernement. Il y avait sans doute dans son esprit le souvenir de l'armée exsangue mais victorieuse du défilé de 1919. Quant à celle de 1940... Elle parla de lâcheté, d'esquive, de confort acheté par des compromis douteux.

« Mais c'est que nous nous sommes battus... » Jacques Dorme n'éleva pas la voix pour le dire. Il parla avec l'intonation de celui qui accepte les arguments de l'autre et qui cherche tout simplement à apporter son témoignage sur les faits.

Je ne saurais jamais ce qu'un soldat français comme lui pouvait répondre. Évoqua-t-il la bataille des Ardennes ? Celle des Flandres ? Ou peut-être les combats dans lesquels étaient tombés ses camarades d'escadrille ? Il avait en tout cas l'air de se justifier. Alexandra lui coupa la parole : « Tu me laisseras au moins imaginer un pays qui se lève tout entier et chasse les Boches, au lieu de pactiser avec eux. Oui, un pays qui résiste. Ce que les Russes sont en train de faire. Et on voit déjà que les Allemands ne sont pas imbattables. Seulement quand on n'a pas envie de se mettre en danger...

— Tu dis ce qu'on dira après la guerre, ce que diront les gens qui ne l'auront pas faite. » La voix de Jacques Dorme resta calme, un peu plus sèche peut-être. Agacée, Alexandra cria presque.

« Et ces gens auront raison! Car si les Français avaient vraiment décidé de faire la guerre...

— S'ils l'avaient vraiment décidé, on aurait eu ça à la place de la France... »

Jacques Dorme prit la carte du monde pliée sur une étagère, l'étala sur la table, au milieu des assiettes du déjeuner et répéta : « On aurait eu ça... » Sa main tenait une boîte d'allumettes et cette boîte recouvrit presque entièrement l'hexagone violet de la France, laissant dépasser juste le nez du Finistère et la frange alpine. Puis, survolant l'Europe, la boîte vint se poser sur l'URSS, sur le territoire conquis par les nazis. Il y avait assez de place pour quatre boîtes d'allumettes. « Quatre fois la France..., dit-il d'un ton durci. Et tu sais, j'ai vu ces quatre France dévastées, des villes rasées, des routes couvertes de cadavres. Je les ai traversés, ces quatre territoires français. Ça, c'est pour te dire ce que vaut l'armée des Boches. Quant aux Russes, j'en ai vu de toutes sortes, j'en ai même vu un qui, les bras hachés d'éclats d'obus, serrait avec ses dents le fil téléphonique rompu, cuivre contre cuivre, et un morceau de chiffon par-dessus, selon les instructions, et il est mort les dents serrées... Ils vont perdre dans cette guerre dix millions d'hommes, peut-être plus. Perdre, tu comprends? Dix millions... C'est tout ce que la France aurait pu donner comme hommes valides. »

Il plia la carte, la rangea sur l'étagère. Et d'une voix de nouveau calme qui ne cherchait plus à juger, il ajouta :

« D'ailleurs, en mai 1940, nous n'avions pas non plus un "deuxième front"... »

Le soir, il vint, habillé d'une chemise blanche, les joues lisses, les chaussures bien cirées. Ils se sourirent, parlèrent en évitant tout retour vers le sujet de leur brouille. « Tu verras, c'est une petite surprise », répéta-t-elle en chemin. La veille, le directeur de l'hôpital militaire l'avait priée de participer au concert qu'on organisait avant l'évacuation de tous les blessés : le front approchait. Il y aurait, avait-il expliqué, plusieurs chanteuses et (il comptait sur elle) un couple qui danserait une valse. La salle était aménagée non pas à l'hôpital, trop encombré de lits, mais dans un dépôt de trains d'où, pour une soirée, on avait retiré les locomotives.

Quand ils pénétrèrent à l'intérieur, elle eut un mouvement de recul. La surprise était plus pour elle que pour lui. Des centaines de regards fixaient l'estrade encore vide, d'innombrables rangées serrées d'hommes assis, tous différents et semblables à la fois et dont la masse vivante s'étendait jusqu'au fond de cette très longue bâtisse de briques et se perdait dans l'obscurité, donnant l'impression de se prolonger, rang après rang, à l'infini. Elle était habituée à les voir répartis dans les chambres, surpeuplées certes, mais où la multitude de leurs mutilations et de leurs souffrances avait encore des visages individuels. Là, dans cette enfilade de douleur, l'œil ne voyait plus qu'une égale matière meurtrie. Bosselée de têtes blêmes, blanchie de pansements.

Une demi-douzaine de femmes chantèrent en chœur, sans accompagnement. Des voix résonnaient, nues, et même dans les chansons enjouées laissaient frémir une corde trop tendue, trop proche des larmes. Les applaudissements étaient peu sonores : beaucoup de bras en écharpe et des moignons au lieu des bras.

À présent, c'était leur tour. Une infirmière posa une chaise au bord de la scène. Deux soldats vinrent y placer un cul-de-jatte, un homme jeune, à la flamboyante chevelure rousse, au regard crâne. On lui apporta un accordéon. Comme dans un songe, Alexandra et Jacques Dorme montèrent sur les planches qui sentaient le bois frais.

La mémoire des corps l'emporta vite sur la crainte de ne pas se rappeler le mouvement. L'accordéoniste jouait avec un imperceptible retard sur le rythme d'une valse comme s'il avait voulu les voir danser le plus longtemps possible. En tournant, ils voyaient le feu de sa chevelure et ce contraste déchirant : un sourire large, l'éclat des dents et les yeux remplis de détresse. Par brèves intermittences, ils remarquaient aussi les regards des blessés, des rangées d'étincelles qui brûlaient leurs corps de danseurs. Il ne restait plus rien de leur dispute du déjeuner. Toutes les paroles étaient calcinées par ces regards. Un avion passa très bas et, pendant quelques secondes, effaça les notes. Ils continuèrent à tournoyer dans ce vacarme puis, comme on plonge dans une vague, retombèrent dans la musique revenue.

À la fin, ils avaient l'impression d'être seuls, de danser dans une salle déserte, le visage reflété dans les yeux de l'autre. Elle baissa plusieurs fois les paupières pour chasser ses larmes.

Deux jours plus tard, il y eut cette froide matinée de brume, et, le soir, le départ. Avant de monter dans le train, il s'était déjà mêlé aux membres de la future escadrille, à sa nouvelle vie. Le train s'ébranla, les hommes parlèrent plus haut, plus joyeusement, sembla-t-il. Elle eut le temps de retrouver encore une fois son visage, à côté de la physionomie rieuse d'un grand gaillard qui saluait quelqu'un sur le quai, puis la nuit mélangea les wagons en un seul mur sombre... En rentrant, elle écoutait en elle les paroles qu'il lui avait dites quand, le matin, ils marchaient le long du fleuve. « Après la guerre, il faudra quand même que tu penses à revenir au pays... Mais si, ils te laisseront partir. Tu seras femme d'un Français, si tu acceptes de m'épouser, bien sûr. Et tu redeviendras donc française, et je te montrerai ma ville et la maison où je suis né... »

Elle parlait lentement, s'interrompant comme pour écouter le vent qui ponçait la steppe ou pour accompagner du regard un oiseau dans le ciel de juillet. Ou peut-être ces pauses correspondaient-elles, dans sa mémoire, à de longs mois qui n'apportaient aucune nouvelle de Jacques Dorme? Je laissais ma vue errer le long d'une étroite rivière d'où nous parvenait un voile de fraîcheur, au-delà des branches des saules et des vernes qui nous protégeaient sous leur tamis mouvant. Les berges étaient craquelées de chaleur, le courant presque immobile semblait s'amenuiser à vue d'œil, aspiré par le soleil. J'imaginais à sa place une large étendue d'eau, dans un lointain mois de mai, un lac nocturne et les deux silhouettes de baigneurs découpées sur le bleuissement d'un orage muet.

Il lui restait peu de choses à me dire. Elle ne parla pas des combats dans Stalingrad, sachant qu'à l'école on nous les racontait chaque année, avec témoignages de vétérans à l'appui. Ni de l'enfer vécu à l'arrière, dans des bourgades transformées en vastes hôpitaux de campagne. Après le départ de Jacques Dorme et pendant les trois années qu'avaient duré ses vols au-dessus de la Sibérie, elle avait reçu quatre lettres. Transmises de main en main, grâce à des militaires en déplacement : l'unique moyen d'envoyer un courrier du désert polaire où était basée son escadrille et surtout de déjouer la vigilante chasse aux espions.

Le travail des pilotes sur la ligne « Alaska-Sibérie », l'Alsib, était doublement secret. Pendant la guerre, il fallait le cacher aux Allemands. Après la guerre, aux Soviétiques eux-mêmes : la guerre froide venait de commencer et le peuple ne devait surtout pas savoir que ces impérialistes américains avaient fourni à leur allié russe plus de huit mille avions pour le front de l'Est. Tout ce que Alexandra apprendrait viendrait de ces quatre lettres, d'une seule photo et des conversations avec un camarade à qui Jacques Dorme avait demandé de la retrouver, un engagement que les hommes de l'escadrille prenaient entre eux, en pensant à leurs proches. Il y avait aussi ce voyage qu'elle tenterait au début des années cinquante, dans l'espoir de retrouver le lieu de sa mort. Elle en rapporterait peu de choses : le souvenir d'une région à peine accessible, quadrillée çà et là par les barbelés des camps, et en réponse à ses questions, un mutisme prudent, une ignorance réelle ou feinte.

Elle sut pourtant me faire imaginer — presque revivre — l'époque de ce pont aérien caché au monde. Parmi les itinéraires parcourus ou rêvés de ma vie, l'Alsib fut l'un des premiers à inscrire en moi son espace et son vertige. Cinq mille kilomètres de l'Alaska jusqu'à Krasnoïarsk, au cœur de la Sibérie, une vingtaine d'aéroports posés sur le permafrost de la toundra et leurs noms, mystérieux comme ceux des étapes d'une quête : Fairbanks, Nome, Ouelkal, Omolon, Seïmtchan… La violence des vents arctiques qui renversaient les hommes et les traînaient sur la glace où la main ne trouvait rien à quoi se raccrocher. L'air, par moins soixante, dans lequel la bouche mordait comme dans une volée de lames de rasoir. Des escadrilles qui se relayaient, d'un aérodrome à l'autre, sans jours de repos, sans droit à la faiblesse, sans l'excuse des intempéries, des orages magnétiques, de la surcharge des avions. Les pistes d'atterrissage construites par les prisonniers des camps, les environs bosselés de leurs cadavres engivrés qu'on ne prenait pas la peine de compter. Le seul décompte portait sur le nombre d'avions conduits par chacun des pilotes : plus de trois cents pour Jacques Dorme, d'après la lettre de septembre 1944. Et, une addition plus discrète, le nombre d'aviateurs morts dans les crashs : plus d'une centaine, dont le sien, le jour de l'An 1945.

Alexandra avait probablement deviné au-delà de ce que les lettres et les conversations ne lui en laissaient savoir. Elle n'était pas venue réveillonner avec des collègues cheminots le 31 décembre 1944. Une prescience patiente, sournoise l'étouffait. C'était comme une voix qui s'était tue là-bas, dans les confins glacés de la Sibérie, une voix qui ne répondait plus. Quand, quelques mois après, un ami de Jacques Dorme viendrait chez elle et lui apprendrait la vérité, elle n'oserait pas parler de ce pressentiment, de peur qu'il y voie « des superstitions de bonne femme ». Elle m'en parlerait à moi, avec un petit sourire triste, et je rougirais, n'osant pas lui dire à quel point je la croyais, je croyais à chacune de ses paroles, et surtout à cette prémonition qui me prouvait la force avec laquelle ils s'étaient aimés.

Je n'avais pas alors (je ne sais si je l'ai aujourd'hui) une meilleure définition de l'amour que cette sorte de prière silencieuse qui relie deux êtres, séparés par l'espace ou la mort, dans une intuition permanente des douleurs et des instants de joie vécus par l'autre.

La douleur était, ce jour-là, d'examiner un lourd Douglas C-47 qu'on avait réussi à suivre comme une bête blessée en pistant un filet de sang : malgré une tempête de neige, sur le versant rocheux où l'appareil s'était écrasé, cette longue traînée fauve, la couleur du carburant, jaillie au milieu du blanc infini. Couleur chaude dans ce monde de glace. Des vies chaudes, soudainement anéanties, et dont Jacques Dorme se rappelait encore les visages, les voix... La poignée de main de ce pilote qui, avant de monter dans l'avion, lui avait parlé de son fils de trois ans resté à Moscou. Une chaude poignée de main.

Par ces froids, tout liquide se figeait dans les entrailles des machines. L'huile se solidifiait en gelée. Et même l'acier devenait fragile comme du verre. L'air tentait de dissoudre les avions dans sa substance de cristal. Les pilotes passaient tout près de la zone qui battait les records du froid terrestre : « Moins soixante-douze degrés ! » avait annoncé à Jacques Dorme son mécanicien russe avec une pointe d'orgueil.

La joie était d'apprendre une technique pour lutter contre la carapace de gel qui, en vol, s'épaississait et peu à peu enrobait l'avion tout entier. Il fallait changer régulièrement le régime du moteur : les vibrations, en variant, fendillaient la croûte de glace.

La joie était de penser qu'une dizaine d'avions de plus se dirigeait vers Stalingrad où l'issue de la bataille dépendait peut-être de ces dix appareils arrivés à temps. Ou même de ce seul chasseur qu'il conduisait, lui, de cet Aircobra alourdi, distances sibériennes obligent, par un réservoir supplémentaire de six cents litres sous le fuselage. Il n'était pas dupe, il savait que dans le monstrueux corps à corps de deux armées, de ces millions d'hommes qui s'entre-tuaient à Stalingrad, ce bout de tôle à hélice ne pèserait pas lourd. Pourtant, à chaque vol, cette certitude irréfléchie revenait : c'est cet avion-là qui ferait que ne soit pas détruite une vieille maison en bois avec des branches de merisier sous les fenêtres.

En avril 1944, il devint ce qu'on appelait dans le langage des pilotes un « leader ». Aux commandes d'un bombardier — un Boston ou un Boeing 25 — il guidait désormais une dizaine ou une quinzaine d'Aircobra en ressentant tout autrement le poids de cette petite escadrille dans la balance de la guerre.

La joie était dans la confiance que les autres avaient en lui, dans la lumière convalescente du soleil polaire qui se montrait de plus en plus longuement, dans le dévouement des gens au sol qui, par temps de blizzard, marquaient les pistes avec des branchages de sapin. Et aussi dans la pensée que ces vols du bout du monde avançaient la libération de son pays natal.

Un jour, il lui fut donné d'éprouver un choc qu'aucun risque mortel n'aurait provoqué. Il venait d'atterrir et, encore engourdi par plusieurs heures de vol, vit une colonne de prisonniers qui longeait l'aérodrome. Depuis une semaine, du matin à la nuit tombante, ces hommes cassaient la glace, installaient des dalles d'acier, les recouvraient du gravier des nouvelles pistes. Ce soir-là, ils s'éloignaient, en file indienne, au milieu des congères. Les gardes les encadraient, les mitraillettes pointées vers cette masse humaine transie et chancelante de fatigue. Jacques Dorme les suivit du regard, chercha les yeux des autres pilotes mais ils se détournaient, pressés de s'installer à l'abri du vent, de manger... Une mitraillette cracha au moment où lui aussi allait enjamber le seuil. Il vit ce qui avait précédé le coup de feu. Un prisonnier avait glissé et, pour ne pas tomber, s'était un peu écarté de la file des marcheurs. Un garde tira sans attendre, le coupable tomba, la colonne se figea une seconde, puis reprit son mouvement cahotant. Jacques Dorme se jeta vers le garde, le bouscula, cria sa colère. Et entendit une voix égale : « Application du règlement. » Ensuite, plus bas, sur un ton de mépris haineux : « T'en veux aussi une paire dans les couilles ? » Un pilote attrapa Jacques Dorme sous le bras, l'entraîna fermement vers les gens de l'escadrille...

Pendant le repas, il sentit que leurs voix étaient faussées par l'impossibilité d'avouer, par la honte aussi. La honte qu'un étranger ait vu cela. L'unique chose vraie qu'il apprendrait, à ce dîner, serait le « règlement », les paroles répétées machinalement par les gardes avant le départ de la colonne des prisonniers : « Un pas à gauche, un pas à droite, je tire sans sommation. »

La nuit, dans la carlingue noire d'un Douglas de transport qui les ramenait à leur base, il resta éveillé, ses pensées revenant sans cesse à cet étrange pays dont il parlait déjà bien la langue, qu'il croyait si bien connaître et qu'il ne comprenait pas, qu'il refusait parfois de comprendre. Il le compara à la France et fit alors cette réflexion qui le laissa perplexe lui-même. Ce pays était lui aussi occupé. Comme la France. Non, pire que la France, car il était occupé de l'intérieur, par le régime qui le gouvernait, par l'esprit de ce règlement : « Un pas à gauche, un pas à droite... »

Le souvenir de cette mort empêchait la joie facile qu'il éprouvait avant : la luminescence douce, bleutée du tableau de bord des Boston, bien plus agréable que l'éclairage cru dans les avions russes, le confort presque superflu du cockpit et, à l'atterrissage, une mécanique parfaitement obéissante. En descendant sur la piste, il se rappelait à présent la file indienne des prisonniers et celui qui avait trébuché sur un sentier de glace.

Il se souvint de lui à la fin du mois d'août 1944, mais d'une façon nouvelle. Ce jour-là, tous ses camarades, les pilotes et les mécaniciens, le fêtaient depuis le matin : on venait d'apprendre la libération de Paris. Répondant à leurs félicitations, Jacques Dorme se demandait ce qu'ils savaient de la France. Dans leurs exclamations, revenaient la Commune de Paris, Maurice Thorez et, couvert d'opprobre et déformé par l'absence de sons nasaux en russe, le nom du maréchal Pétain. Il n'essayait même pas d'expliquer, se sentant enfin débarrassé du poids de la défaite française que parfois, dans les conversations, les gens semblaient lui reprocher. À présent, ils riaient et disaient que, une fois Hitler chassé, le peuple français réglerait leur compte aux capitalistes et se mettrait à construire le communisme. Un peu assourdi par leurs voix, il imaginait quel genre de livres ils avaient pu lire sur la France. Le récit d'Alexandra revint à sa mémoire : ce recueil de textes qu'elle avait déniché dans la bibliothèque d'une ville sibérienne, lieu où elle était assignée à résidence. Des textes d'auteurs français traduits en russe, dont un poème, véritable « hymne à la Guépéou »...

Dans la monotonie du vol, il se représenta Paris, la liesse populaire, les fenêtres ouvertes sur un beau ciel estival. Et surtout les terrasses des cafés, une vie attablée, volubile, légère, faite de bribes de paroles, de coups d'œil échangés, de la connivence des corps qui se frôlent... Sous les ailes du Boston, à travers une fine couche de nuages, se dressaient les crêtes de l'infini plateau de la Kolyma, encore teinté de vert et animé de cours d'eau. « Dans quelques jours, pensa-t-il, tout cela sera blanc. Et sans vie... » Resteraient seules ces rangées de rectangles, les baraquements et les miradors d'un camp, fidèle jalon des pilotes au milieu de cette démesure montagneuse sans repères. L'unique balise, ces milliers de vies humaines concentrées dans ce néant. Il revit mentalement les petites tables rondes des terrasses et se dit que l'auteur de l'« hymne à la Guépéou » devait être assis, en ce moment même, à l'une de ces tables, devait parler à une femme, commander du café ou du vin, commenter le passé, critiquer le présent, exalter le futur. Jacques Dorme comprit soudain qu'on ne pourrait jamais raconter à cet auteur l'infini qui s'étendait sous les ailes de l'avion, ni le règlement « un pas à gauche, un pas à droite », ni la mort du prisonnier qui avait trébuché... Non, impossible. Il éprouva comme un spasme musculaire qui figeait ses mâchoires. Là-bas, à leur table de café, ils étaient en train de parler une autre langue.

C'est durant ce vol que pour la première fois Jacques Dorme se vit étranger dans le pays où il était né.

Il ne reconnut pas tout de suite l'homme en cuir noir. D'ailleurs celui-ci ressemblait très peu au petit inquisiteur qui avait tué Witold. Encore moins au deuxième, le gros hystérique qui ordonnait le décollage d'un avion surchargé. Ces deux-là sévissaient quand la guerre semblait perdue, ils avaient plus peur que les soldats qu'ils menaçaient. L'homme que Jacques Dorme vit en décembre 1944 avait déjà l'assurance d'un vainqueur. Il était petit et maigre comme le premier, mais son manteau de cuir était doublé d'une épaisse fourrure. Il en secoua les revers quand un peu de givre tomba d'une hélice dont il voulait connaître, personne ne comprenait pourquoi, les caractéristiques. Sa curiosité déconcertait. Les pilotes avaient l'impression de subir un interrogatoire dont les questions trop simples n'étaient qu'un moyen de confondre l'interrogé. Parfois il souriait et Jacques Dorme remarqua qu'au même instant le sourire disparaissait des visages.

L'homme inspectait les avions, posait ses étranges questions qu'on aurait jugées stupides si elles n'avaient pas eu de double fond, n'écoutait jamais jusqu'au bout, souriait. Tout le monde comprenait qu'il était venu parce que la guerre allait prendre fin et qu'à Moscou on avait besoin de rappeler qui était le maître. Pourtant les pilotes ne pouvaient pas encore deviner que bientôt les Américains qui livraient ces innombrables Douglas, Bœing et Aircobra allaient redevenir des ennemis et que tous ceux qui avaient participé à ce pont aérien seraient suspects. L'homme en cuir noir était là pour repérer déjà les égarés, prévenir la contagion idéologique.

À la fin de son inspection, il convoqua les responsables de la base et les « leaders » des escadrilles. Il parla du relâchement de la discipline communiste, de la baisse de la vigilance de classe mais surtout fustigea les graves erreurs dans l'organisation des vols. « Le commandement a toléré une anarchie totale, martela-t-il. Les bombardiers volaient dans les mêmes groupes que les chasseurs et les avions de transport. Je vous engage à mettre fin à ce désordre. Les chasseurs doivent voler avec les chasseurs, et les bombardiers... »

Les pilotes se jetaient des coups d'œil furtifs, se frottaient le front. On espérait secrètement que l'homme en cuir se mettrait soudain à rire et annoncerait sur le ton d'une blague : « Je vous ai eus, hein ! » Mais sa voix restait accusatrice et métallique. Quand il parla des itinéraires de vols incorrectement tracés, un des pilotes intervint, avec retard, comme s'il lui avait fallu du temps pour se décider : « Mais, camarade inspecteur, un Boston a des moyens de liaison beaucoup plus... » Il voulait dire qu'un bombardier était mieux équipé en moyens de navigation qu'un chasseur. L'homme en cuir baissa la voix, chuchota presque et c'est ce chuintement menaçant qui coupa la parole au pilote mieux que n'aurait fait un cri : « Je vois, camarade lieutenant, que les contacts avec le monde capitaliste vous ont été bien utiles... »

Durant quelques secondes de silence pesant, on n'entendit que le fouettement du blizzard qui s'acharnait contre les vitres et le grincement du gravier que les prisonniers déversaient sur une piste. Très physiquement, par la peau, Jacques Dorme sentit la fragilité de la frontière qui séparait, dans ce pays, un homme libre, ce lieutenant qui se taisait en regardant ses grandes mains posées sur la table, et ces prisonniers qui avaient pour toute identité un numéro cousu à leur veste ouatée.

« Eh bien, pour ces contacts, on verra après la victoire, reprit l'inspecteur. Mais à présent, il faut remettre de l'ordre dans cette pagaille. Voici la carte qui vous indique les itinéraires les plus directs entre les aérodromes. Désormais vous passerez par Zyrianka et non par Seïmtchan. Des centaines de kilomètres de gagnés et une économie de carburant conséquente. Je me demande pourquoi les chefs d'escadrille n'y ont pas pensé avant. À moins que le trajet plus long ne leur ait été conseillé par les représentants américains... »

Personne ne dit rien cette fois. Sur la carte, d'un trait droit, avec une application scolaire, était tracée une ligne partant de l'Alaska et traversant la Sibérie. Dans sa logique géométrique elle passait plus près de Zyrianka, un des aérodromes auxiliaires, très au nord du trajet habituel. Une piste d'urgence, plutôt, prévue pour les jours où celles de Seïmtchan disparaissaient sous les tempêtes de neige. Le crayon de l'homme en cuir avait rayé les terribles chaînes de montagnes Tcherski, des déserts arctiques, des contrées encore plus inexplorées que les régions survolées par l'itinéraire de l'Alsib... Restés seuls, les pilotes regardèrent longuement cette carte avec la ligne têtue du crayon. Son absurdité était trop claire pour en parler. « La ligne du Parti... », murmura le lieutenant qui était intervenu tout à l'heure.

Ils savaient que l'inspecteur ne pouvait pas rentrer à Moscou sans rendre compte des agissements hostiles qu'il avait débusqués, des erreurs qu'il avait redressées. Tout le pays fonctionnait ainsi, en dénonçant, en fustigeant, en battant des records et dépassant les plans. Et même à la Sûreté d'État à laquelle appartenait l'inspecteur (« La Guépéou... », pensa Jacques Dorme) il fallait dépasser les plans, arrêter plus de personnes que le mois précédent, fusiller plus que les collègues...

Ils discutèrent brièvement de la composition des vols pour le lendemain puis allèrent dormir. Dehors, dans le noir de la nuit polaire, les prisonniers continuaient à creuser la terre gelée d'une nouvelle piste.

Après une heure de vol, Jacques Dorme transmit ce message au groupe d'avions qu'il guidait : « Suivez le deuxième. L'atterrissage à Z. est impossible. Direction S. » La veille, dans la nuit, il avait réussi à convaincre les gens de son escadrille que la meilleure solution était d'aller, comme d'habitude, à Seïmtchan. Lui seul irait à Zyrianka d'où il appellerait la base. L'inspecteur qui partirait le lendemain n'aurait pas le temps de faire une enquête.

Il fit un lent virage à droite et, dans la pénombre cendrée qui signifiait le jour, vit les lueurs des Aircobra obliquer vers le sud.

Les minutes coulèrent, unissant peu à peu l'homme à sa machine, accordant les secousses de l'acier à la pulsation du sang. Le corps s'offrit à la vie mécanique, disparut dans la cadence du moteur qui, dans le dos du pilote, modulait de temps en temps la rumeur de ses vibrations. Le regard se perdait dans la grisaille de ce jour dont le soleil ne se lèverait pas, puis revenait vers le pointillé lumineux du tableau de bord. L'homme était très inclus dans le mouvement de cet habitacle volant et, en même temps, très absent. Ou plutôt présent dans un ailleurs, loin de ce ciel de cendre, de ces montagnes Tcherski qui commençaient à étager leurs déserts glacés. Un ailleurs fait d'une voix de femme, des silences d'une femme, du calme d'une maison, d'un temps où il se sentait de toujours. Ce temps se déployait à l'écart de ce qui se passait dans l'avion, autour de l'avion. La violence du vent obligeait à manœuvrer, l'engivrement empêchait la vue. À un moment, il fut évident que les pistes de Zyrianka étaient restées plus au nord-est et qu'il faudrait voler à une moindre altitude, au risque d'accrocher une crête, observer, se concentrer, ne pas céder à la panique. Ce lointain qu'il devinait en lui donnait la force de rester calme, d'éviter la vrille, cette malédiction des Aircobra, de ne pas vérifier à chaque instant le niveau du carburant. Ne pas se réduire à l'homme qui veut à tout prix sauver sa vie.

Il garderait la sensation de cet ailleurs jusqu'à la fin, jusqu'à la luminescence violette du feu boréal qui embraserait le ciel.

Alexandra termina son récit quand nous prenions le chemin du retour. Le soir tombait déjà sur la steppe. Elle parla de son voyage vers les anciens aérodromes de l'Alsib, abandonnés pour la plupart après la guerre, de ce pic au sud de la chaîne Tcherski, trois rochers en faisceaux que les habitants appelaient « Trident » et qu'elle n'avait pas réussi à atteindre.

Je marchais à côté d'elle sur l'herbe sèche dont l'ondoiement infini hypnotisait l'œil par l'alternance, sous le vent, du mauve et de l'or. Les détails de son voyage marquaient mon souvenir (ce qui m'aiderait, un quart de siècle plus tard, à retrouver les lieux dont elle m'avait parlé), mais l'étonnement que j'éprouvais fut provoqué par autre chose. De toute sa taille, un homme qui m'était inconnu une semaine auparavant se dressait en face de moi. Jacques Dorme dont je percevais le destin comme un tout vivant et lumineux.

Chaque regard sur les hommes et le monde possède sa part de vérité. Celui de l'adolescent de treize ans marchant dans la steppe de la Volga n'était pas moins vrai que mon jugement d'adulte. Il avait même un avantage certain, ne connaissant pas l'analyse, la fouille psychologique, la rhétorique sentimentale, il opérait par entités, par blocs.

Tel était Jacques Dorme qui avait surgi devant moi dans le feu du couchant. Un homme taillé dans la matière même de sa patrie, cette France que j'avais découverte grâce à mes lectures et mes conversations avec Alexandra. Il rassemblait en lui les traits qui me rappelaient « le plus beau et le plus pur soldat de la vieille France », et le guerrier du « Dernier carré », et l'empereur banni qui revenait sur le sol natal à bord du Hollandais volant, et les « quatre gentilshommes de la Guienne ». Le grain de cette substance humaine était même encore plus subtil, je discernais non pas les personnages et leurs gestes mais plutôt le dense halo de leur vie. L'esprit de leurs engagements terrestres. Leur âme.

Les preuves de la justesse d'une telle vision n'existaient pas. Ma certitude me suffisait. Elle, et aussi cette photo qu'Alexandra me montra quand nous rentrâmes. Un rectangle aux bords jaunis mais gardant la netteté tranchante du noir et blanc. Une vingtaine de pilotes, vêtus de leur veste en mouton retourné, chaussés de lourdes bottes en peau de renne. Des aviateurs américains reconnaissables à leur habillement plus léger, plus élégant, plus « pilote de cinéma ». Quelques civils aussi, des officiels en manteaux sombres. La photo avait été prise probablement après une cérémonie car on voyait dans un coin du cliché le reflet métallique d'un orchestre militaire. Les hymnes soviétique et américain venaient sans doute d'être joués... Guidé par Alexandra, je retrouvai Jacques Dorme. Il ne se distinguait des autres ni par son physique ni par ses vêtements (la même veste trois-quarts, les mêmes bottes). D'ailleurs j'aurais pu le reconnaître sans l'aide d'Alexandra. Parmi les pilotes qui commençaient à quitter leurs rangs, après un garde-à-vous imposé par les hymnes, lui seul restait encore immobile, le visage empreint d'une certaine gravité, le regard porté au loin. On eût dit qu'il entendait un chant inaudible pour les autres, un hymne que l'orchestre aurait oublié de jouer.

Je mis quelque temps à comprendre que la solitude de Jacques Dorme entouré pourtant d'une foule de gens le rapprochait du vieux géant que j'avais vu devant un monument aux morts, ce général français qui avait interrompu son discours et laissé son regard se perdre dans l'immensité de la steppe.

Le lendemain soir, je quittai la maison d'Alexandra. Il me fallait revenir à l'orphelinat à moitié vidé de son passé, me préparer à une nouvelle vie. Monté dans un train de banlieue bondé, je réussis une seconde à distinguer Alexandra sur le quai envahi par les estivants. Elle ne me voyait pas, ses yeux parcouraient avec anxiété la rangée des fenêtres. D'une main hésitante, elle adressait un salut d'adieu à celui qu'elle ne trouvait pas parmi tous ces visages. Elle me sembla à la fois rajeunie et comme désarmée. Je pensai à un autre départ, à ce convoi qui en mai 1942 emmenait Jacques Dorme vers l'est.

La vie de cette femme m'apparut soudain comme une lourde accusation. Ou du moins, comme un dur reproche, un reproche muet fait à ce pays qui avait si cruellement ravagé sa vie. Un pays qui avait happé une toute jeune femme et qui rejetait à présent, sur ce quai sale, une vieille dame désemparée, perdue au milieu des visages bronzés.

Pour la première fois de ma vie, je crus que ce reproche me visait, moi aussi, que j'étais aussi, d'une façon difficile à formuler, responsable de cette vieille existence solitaire, réduite au grand dénuement, oubliée dans une bâtisse hors d'âge, dans une bourgade embrochée sur des rails, aux abords des steppes désertes. Après tout ce qu'elle avait fait, donné, souffert pour ce pays... Les gens qui m'entouraient dans le train, serrés les uns contre les autres, chargés de cageots de légumes qu'ils ramenaient de leurs potagers, avaient des mines placides, teintées d'un bonheur routinier, naturel. « Ce bonheur simple qu'elle n'a jamais eu », pensai-je en les observant. Non pas une quelconque félicité, non, une simple et heureuse routine des jours, une vie en famille, dans l'agréable et prévisible ronde des petits faits de l'existence.

C'est depuis ce soir-là que je me mettrais à réinventer sa vie, comme si, la rêvant autre, j'avais pu expier le mal que mon pays lui avait fait. L'habitude que nous avions à l'orphelinat de refaire le destin de nos pères déchus m'aiderait beaucoup. Il aurait suffi de peu pour que son mari ne fût pas fusillé (combien de fois j'avais entendu parler de ces condamnés miraculés de l'époque stalinienne), pour qu'ils aient eu des enfants, pour qu'elle vive non pas dans cette vieille maison noire mais là, par exemple : je regardais une belle façade aux balcons encadrés de jolies moulures. Elle aurait fait ses lectures non pas au jeune barbare que j'étais mais à un enfant fin et sensible, à son petit-fils, et aussi sa petite-fille peut-être, deux enfants qui l'auraient écoutée, les yeux grands ouverts.

La réalité balayait souvent ces rêveries. Mais j'y tenais

beaucoup, me disant qu'au moins, dans cette vie renaissante, je pourrais rendre à Alexandra son vrai prénom. Et sa langue aussi qui, parfois, quand elle me parlait en français, perdait un mot, une expression qu'elle recherchait désespérément, avec un léger signe de détresse dans le regard. Il ne s'agissait pas, je le devinais, d'un oubli banal ou d'une défaillance de sa mémoire vieillissante. Non, il s'agissait d'une perte absolue, de la disparition de tout un monde, sa patrie, qui s'effaçait, mot par mot, au fond des steppes enneigées où elle n'avait personne à qui s'adresser dans sa langue.

VII

Arrivé dans la ville natale de Jacques Dorme, je n'éprouvai pas de dépaysement. À Paris, j'avais vécu dans la rue Myrha qui traverse la bousculade africaine de Barbès. J'avais logé aussi à Aubervilliers, puis à la périphérie de Montreuil, plus tard à Belleville où j'avais fini par ne plus remarquer l'étrangeté de ce nouveau pays.

Cette petite ville du Nord était bien de ce pays-là.

Sa mairie, sur une place très proprette, ressemblait aux vieilles Parisiennes qu'on croisait parfois aux environs de Barbès : survivantes d'une autre époque, habillées et coiffées avec soin, elles trottinaient, intrépides, à travers le mélange humain des continents broyés...

L'îlot protégé de la mairie était d'ailleurs très réduit. La rue principale, belle au début, s'essoufflait rapidement, s'effritait dans des façades râpeuses, aux fenêtres bouchées de parpaings. La vitrine d'une confiserie était criblée d'une multitude d'impacts colmatés avec du contreplaqué. Une affichette annonçait : « Fermé pour cause de ras le bol ! » Je consultai mon plan, tournai à gauche.

Au téléphone, le frère de Jacques Dorme m'avait conseillé

de prendre un taxi à la gare : « C'est un peu loin, nous sommes en bordure de la ville... » Mais j'avais besoin de marcher, de voir cette ville, de deviner ce qu'elle avait dû être un demi-siècle auparavant. Je ne pouvais pas accepter l'idée de descendre d'un taxi, de sonner à la porte et d'entrer comme un habitué des lieux.

Un scooter passa à toute vitesse, me frôla, slaloma entre les poubelles renversées. Une bouteille de bière roula sous mes pieds, je ne compris pas si j'étais visé ou non. La plaque avec le nom de la rue était barbouillée de rouge. Je mis un moment à déchiffrer : Henri Barbusse. Sous une fenêtre cassée, accrochées à un sèche-linge, ondoyaient des loques de tissu. La vitre était remplacée par un sac en plastique bleu, tache de couleur inattendue sur un mur gris-brun. Une autre fenêtre, au rez-de-chaussée, presque insolite avec ses fleurs et ses petits rideaux clairs. Et dans l'air éteint de décembre, cette vieille main tirant les volets, ce visage ridé et le reflet des cheveux blancs, ce regard qui répondit au mien : une femme qui peut-être vivait ici du temps de Jacques Dorme.

La ville s'aplatit bientôt sous les toits des entrepôts vides et des garages à l'abandon, s'émietta en maisonnettes moribondes. Les habitations modernes firent alors leur apparition, ayant guetté l'épuisement de la ville pour dresser leurs tours et, entre elles, des immeubles de quatre ou cinq étages. Inconsciemment, je les comparai avec des banlieues moscovites, trouvant les maisons d'ici bien mieux aménagées et d'une architecture plus humaine... C'est à ce moment que j'aperçus une entrée brûlée comme la gueule d'un énorme fourneau, une rangée de boîtes aux lettres jetée sur un gazon couvert de sacs-poubelle. Les gens que je voyais semblaient pressés de rentrer et m'évitaient dès que j'essayais de les approcher pour demander mon chemin. Deux femmes, l'une très âgée, au visage marqué à l'encre bleu, l'autre, jeune, voilée, m'écoutèrent, me dévisageant avec perplexité comme si l'endroit que je cherchais avait été frappé de quelque interdit. La jeune m'indiqua la direction d'un geste vague et je la vis se retourner sur moi avec toujours cet air incrédule.

La zone pavillonnaire était séparée des nouvelles habitations par l'avenue de l'Égalité étirée le long d'un mur poreux, noirâtre. Je compris qu'il s'agissait d'un cimetière seulement devant le portail. L'un des battants était arraché et tenait sur le gond du haut. J'entrai sans vraiment entrer, jetant juste un regard sur les premières tombes. « Le quartier de Verdun », lisait-on sur une petite stèle. Les croix avaient la forme d'épées : toutes trop rouillées pour qu'on puisse lire le nom, certaines cassées, traînant au milieu des éclats de bouteilles, des vieux journaux, des crottes de chiens. Dehors, une voiture passa, déversant une vocifération scandée, les cris revendicatifs d'un chanteur. Le silence revint affiné par le bruissement des branches nues dans le vent.

Je vis cette autre voiture lorsque, contournant le cimetière, je m'apprêtais à plonger dans les allées résidentielles. Une voiture entourée de cinq ou six jeunes gens ou plutôt coincée par eux à un tournant. Ce n'était pas une agression à proprement parler. Ils donnaient des coups de pied dans la tôle, grimpaient en riant sur le capot, tiraient les poignées. Le conducteur qui tentait de se lever pour les repousser était obligé de rester courbé, ni assis ni debout, car ils lui serraient la jambe avec la portière. L'un d'eux, une canette de bière à la main, se gargarisait et recrachait la mousse à l'intérieur de la voiture.

Ce furent peut-être ces crachats qui me poussèrent vers le groupe. Je remarquai le pied du conducteur, une fine chaussure noire, une chaussette haute et la peau très pâle qui se découvrait sous le pantalon que le bord de la portière avait retroussé, une peau de vieillard, traversée par des veines sombres. Il n'y avait rien d'héroïque dans mon élan, juste l'incapacité soudaine de tolérer la vue de ce vieux pied qui frottait comiquement l'asphalte. D'ailleurs l'issue de mon intervention aurait été tout autre s'il n'y avait pas eu ces deux scooters qui débouchèrent tout à coup derrière le mur du cimetière et se mirent à se poursuivre dans les entrelacs des ruelles. Quatre des jeunes qui s'accrochaient à la voiture partirent alors en courant pour voir le rodéo, deux autres restèrent, trouvant le harcèlement de l'automobiliste plus amusant.

L'un d'eux continuait à cracher en s'étouffant de rire. L'autre pressait la portière de tout son poids et avec ses poings tambourinait sur le toit de la voiture, comme sur un tam-tam... Je frappai le cracheur sans me retenir, d'un coup fait pour mettre à terre. Il bascula, le dos plaqué contre la voiture, et j'eus le temps de voir dans ses yeux un éclair de surprise, l'étonnement de celui qui se croyait inattaquable. Il esquiva le nouveau coup et se mit à courir en criant qu'il allait revenir avec ses « frères ». J'empoignai l'autre, en tâchant de libérer la portière. Il se tortilla, éructant dans ce français que je détestais le plus : ce nouveau français, fait de souillures verbales et acclamé comme langue des jeunes. La jambe du vieillard restait toujours serrée par la portière. Je voyais une main qui fébrilement essayait de remonter la vitre et, sur le siège de droite, une silhouette de femme, des doigts très fins croisés sur un carton à pâtisseries. Quelques secondes d'empoignade parurent, comme toujours, laides et longues. Laides comme ce beau jeune visage (« un beau visage et une sale gueule à la fois », penserais-je plus tard). Longues comme le geste du jeune homme qui ne parvenait pas à retirer de sa poche un cran d'arrêt. Il appuya sur le bouton trop tôt et la lame perçait à présent le tissu de son jean. Je pressai plus fortement mon bras sur sa gorge. Sa voix siffla, se coupa. Pendant un moment, sa bouche s'ouvrit muette, puis soudain, ses yeux se brouillèrent et tout de suite s'agitèrent dans le refus déjà animal d'étouffer. Son corps se relâcha, comme celui d'un pantin. Je desserrai ma prise, le poussai vers le trottoir. Il s'en alla, en titubant, frottant sa gorge, chuintant des menaces de sa voix cassée.

La portière claqua, la voiture démarra et tourna dans une allée.

Plusieurs minutes passées à errer, avec un sentiment nauséeux, fait de colère vaine et de peur tardive, des bouffées écœurantes de peur calquées sur la stridulation des scooters dans les allées. Mais surtout la conscience très claire de la totale inutilité de mon intervention. Je pourrais à ce même moment me traîner au bord de la route, un cran d'arrêt entre les côtes. Et cela ne changerait rien non plus ni n'étonnerait personne tant il y a de petites villes semblables et de vieillards agressés. Ma colère se retourne alors contre l'automobiliste qui a eu la bêtise de parlementer au lieu de foncer chez lui. Je me sens encore plus à l'écart de ce pays. Qu'ai-je à me mêler de sa vie, à rabrouer ces jeunes primates armés, à jouer au citoyen avec ma carte d'apatride dans la poche...

La brûlure de ces mots retarde ma recherche. Je finis par trouver l'allée de la Marne, mais le numéro seize paraît inexistant. Je traverse la rue à deux reprises, observe chacune des maisons avec la certitude de pouvoir reconnaître, sans relever le numéro, celle de Jacques Dorme. Mais le numéro, justement, n'y est pas. Je reprends la rue dans l'autre sens : une suite de maisons d'un étage, des jardins nus, l'impression d'une attente au fond d'une pièce, d'une très ancienne attente. La porte ouverte d'un garage et de l'autre côté de la rue, au numéro onze, cette vieille femme qui plonge sa main dans la boîte aux lettres, n'y trouve rien, profite de ces secondes pour m'observer. Ou plutôt elle fait semblant de chercher ses lettres et surveille ce drôle de passant qui revient sur ses pas. Pour ne pas l'effaroucher je crie de loin : « Le numéro seize, madame ? » Sa voix est étrangement belle, forte, une voix de vieille cantatrice, dirait-on : « Mais c'est là, monsieur. Juste derrière vous... » Je me retourne, fais quelques pas. La porte ouverte du garage cache le rond en céramique du numéro. À l'intérieur, un homme essuie avec une éponge le pare-brise de sa voiture. Je le reconnais immédiatement : le vieillard aux fines chaussures noires. Le frère de Jacques Dorme. « Capitaine », comme je l'appelais d'après les récits d'Alexandra.

Je lui dis mon nom, rappelle nos conversations au téléphone, mes lettres. Son sourire ne parvient pas à effacer entièrement l'ombre d'aigreur tapie dans ses rides. Je ne sais pas s'il reconnaît en moi l'homme qui est intervenu tout à l'heure. Il me semble que non. Il ferme le garage, m'invite à monter dans la maison et sur les marches du perron me pose cette question qui devrait être toute banale : « Vous avez trouvé facilement ? Vous êtes venu en taxi ? » Elle n'est pas banale, un petit frémissement sonore trahit la tension secrète avec laquelle les mots sont prononcés. Il m'a donc reconnu... Installés au salon, nous parlons de la ville en réussissant à éviter la moindre allusion à ce qui vient de se passer dans l'avenue de l'Égalité. Sa femme entre, me tend la main, ces fragiles doigts que j'ai vus crispés sur un carton enrubanné. Son visage à la fixité asiatique (elle est vietnamienne) ne garde aucune trace d'émotion. « J'apporte le thé », dit-elle avec un léger sourire et nous laisse seuls.

Je n'ai rien à lui apprendre. Dans ma première lettre, longue d'une trentaine de pages, j'ai raconté, avec une application de chroniqueur, tout ce que je savais de Jacques Dorme, de l'Alsib, de la semaine que le pilote a passée à Stalingrad. Non, pas tout, loin de là. Tel un archéologue, je voulais simplement que cette histoire s'ajoute à l'histoire de leur pays, comme un objet d'art national découvert à l'étranger et rapatrié. Je lui parle de mon voyage en Sibérie, de la maison du Bord, de la montagne du Trident.. Ce voyage, fait au début de l'année (nous sommes en décembre), est encore tout vivant des sonorités du vent, des voix clarifiées par le froid. Pourtant l'enthousiasme de mon récit semble gêner le Capitaine. Il devine mon but : le rapatriement d'une parcelle d'histoire égarée dans les déserts neigeux de la Sibérie orientale. Je sens son visage se crisper, ses yeux me voient sans me voir, dirigés vers un passé qui soudain resurgit devant nous, dans ce salon, dans cet après-midi de décembre. J'interprète inexactement son émotion et j'abats mon jeu : un livre que je prépare sauvera de l'oubli le pilote français, les journalistes vont s'intéresser à lui et, comme je connais le lieu de sa mort, il sera possible de faire revenir sa dépouille en France, dans sa ville natale...

Je m'interromps en voyant ses lèvres qui essayent un sourire instable, douloureusement étiré. Sa voix est plus haute qu'avant, presque aiguë : « En France ? Dans sa ville natale ? Pour quoi faire ? Pour l'enterrer dans ce cimetière transformé en dépotoir ? Dans cette ville où les gens n'osent plus sortir de chez eux ? Pour qu'il entende ça ? »

Une voiture longe les maisons, le déferlement des slogans cadencés par la batterie éventre la maison. Le bruit des scooters perce à travers le rap. Le Capitaine dit, plutôt crie quelque chose mais je ne l'entends pas, il comprend que je ne l'ai pas entendu. Je saisis juste ses dernières paroles : « ... sous les crachats... »

Le temps se fige. Je regarde son visage parcouru de rapides frémissements, ses lèvres rentrées et mordues, son menton qui tremble. C'est un vieil homme qui de toutes ses forces lutte contre les larmes. Je reste immobile, muet, totalement incapable d'un geste, d'un mot qui briseraient ce face-à-face de douleur. Le petit critique parisien qui me traitera de métèque aura raison : je ne serai jamais français car je ne sais pas ce qu'il faut dire dans une situation pareille. Je le sais en russe, je ne saurais pas, et d'ailleurs je ne voudrais pas savoir le dire en français... Ses yeux restent secs, ils rougissent seulement.

Par une brusque tension des mâchoires, il réussit à maîtriser son visage qui paraît à présent creusé comme après un très long deuil. D'une voix usée, sourde, il toussote plus qu'il ne dit : « Non, non, cela est inutile... Les journalistes, les discours. Trop tard... Et puis, vous savez, Jacques était un garçon très discret... » Je vois ses lèvres se crisper de nouveau. Il se lève, se tourne vers les photos accrochées au mur. Il a besoin de ne pas être vu pendant quelques secondes. Je me lève aussi et, en restant derrière lui, j'écoute ses commentaires. Sur l'une des photos, ils sont tous deux sur le perron de la maison. De cette maison. Dans cette rue. Le timbre de ses paroles est encore inégal, glissant souvent au-dessus des sonorités qui font mal.

Le cliquetis des assiettes parvient de la cuisine. Il saisit le prétexte : « Liên, il est prêt, ton thé ? » Sa femme apparaît à l'instant même, un plateau avec les tasses dans les mains, l'air de dire : « Je voulais vous laisser parler tous les deux, entre hommes. Comment peux-tu ne pas le comprendre ? » Il le comprend, l'aide à poser le plateau, la retient, lui serrant les épaules : « Reste avec notre invité, je m'occupe du gâteau... » Il va dans la cuisine. La femme, me voyant près des photos, reprend le commentaire interrompu. « Ça, c'est à Saigon... » Un quai, le flanc clair d'un bateau, elle et lui, habillés de blanc, jeunes, les yeux cillant sous le soleil. « Celle-ci, c'est au Sénégal. Et ça, c'est chez vous, à Odessa, oui, le fameux escalier d'Eisenstein... » Elle me parle de leurs voyages, non pas comme font les touristes mais en parcourant tout simplement les étapes de leur vie.

« Li, je ne trouve pas la petite pelle ! » Elle me sourit, s'excuse, va rejoindre son mari dans la cuisine. Je contourne les fauteuils, m'arrête à l'autre bout du salon. Au mur, un portrait : un homme jeune, au visage franc et grave, une moustache fournie et, dans l'angle du cliché, cette date, 1913. Le père.

Cette heure passée dans la maison natale de Jacques Dorme me laisse une impression de départ tout proche. Non pas de mon départ pour Paris, non. Mais la conscience claire que nos paroles résonnent pour la dernière fois et qu'après ce thé il nous faudra nous lever, jeter un dernier coup d'œil sur les photos dans leurs cadres, quitter ces lieux. Tous les trois nous éprouvons, et chacun le devine chez l'autre, ce début d'éloignement, cette distance qui surgit entre nous et la maison, ce qui est d'autant plus douloureux que nos mains peuvent encore toucher le dossier d'un vieux fauteuil et nos yeux rencontrer le regard d'un portrait sur le mur.

Leur maison, une vraie maison familiale, est pourtant tout imprégnée par la mémoire lente des générations, par ce reflet humain que prennent les meubles et les objets en reliant les vies de père en fils, en marquant les disparitions, en saluant le retour des enfants prodigues. J'ai précisément la sensation d'être de retour après une longue absence, pour retrouver ce que j'avais connu dans la maison d'Alexandra. La pièce où elle me faisait la lecture semble être attenante, dans mon souvenir, à ce salon où nous prenons le thé. La France que j'avais imaginée derrière les pages lues est là, dans le regard des portraits, dans les paroles que j'entends. Mais la maison retrouvée va redevenir un songe.

Notre conversation, où je sais qu'il ne faut plus évoquer Jacques Dorme, vacille souvent au bord de cet effacement. Le Capitaine parle de l'église que j'ai vue en venant, une curiosité locale. Et il se tait, confus, se rappelant au même moment que moi, sans doute, les vieux murs tagués, les recoins derrière l'abside souillés d'urine. Il me montre un livre à la couverture rouge et or, le premier qu'il a lu, enfant. Il l'ouvre avec un sourire, déclame un début de phrase, le referme brusquement : le bruit du rodéo dans la rue empêche de parler. Nous passons quelques secondes sans bouger, échangeant des coups d'œil gênés, attendant que le vacarme cesse. Le hurlement scandé du chanteur fait entendre une rime : « en prison - manteau de vison ». La lutte des classes...

Sortant sur le perron, nous restons un instant dans la pénombre du crépuscule d'hiver, le Capitaine vérifiant un trousseau de clefs, moi essayant de distinguer le fond du jardin dont les arbres donnent l'illusion d'un véritable bois. Liên parle d'une voix très égale, sans amertume : « Autrefois, on pouvait se perdre dans cette broussaille, mais maintenant, avec ce parking... » Je fais quelques pas. Derrière les branches se découvre le bâtiment plat, laid, d'un supermarché entouré de l'étendue asphaltée d'où parvient le claquement métallique des chariots qu'on rassemble en gigogne. « Bon, nous pouvons partir », annonce le Capitaine et il s'incline pour embrasser Liên.

Cette parole simple, ce mot « partir », soudain explique tout. Nous ne partons pas, c'est le pays, leur pays, leur France qui s'éloigne, remplacé par un autre pays. Cette maison entourée d'arbres nus et de branches d'if, d'un vert presque noir, fait penser au dernier rocher d'un archipel englouti.

Je serre la main de Liên, m'apprête à faire mes adieux au

Capitaine, mais il m'interrompt : « Non, non, je vous conduis à la gare », et il m'entraîne vers la sortie malgré mes protestations. Je sens que c'est pour lui plus qu'un geste de courtoisie. Il a besoin de montrer à cet étranger que je suis qu'il est encore chez lui, dans cette rue, dans ce pays.

Pendant qu'il ouvre le garage, j'ai le temps de regarder encore une fois l'entrée, la grille du portail, le perron. Je me dis que durant le siècle qui touche à sa fin, cette maison a vu deux fois la même scène : un homme portant un sac de soldat sur l'épaule traverse la rue, et au carrefour se retourne, salue une femme qui se tient près de cette grille au numéro seize. Un homme qui s'en va au front. Ce carrefour... Là où, il y a une heure, la voiture du Capitaine a été couverte de crachats. Dans l'obscurité, je vois les faisceaux des phares qui balaient le carrefour, les moteurs hurlent. La fête continue.

Le Capitaine m'invite à monter, la voiture prend la direction du carrefour. Il pourrait tourner avant, passer par une des allées transversales. Mais nous repassons exactement par l'endroit où le couple a été pris à partie. Un scooter surgit, nous suit, se serre contre la portière sur plusieurs mètres, puis lâche prise. J'observe discrètement le visage du Capitaine. C'est un masque aux lèvres tendues, aux yeux légèrement plissés comme dans une grande lassitude de voir.

Juste avant d'arriver, je tente encore une fois ma chance. Je lui demande s'il accepterait que l'histoire de son frère apparaisse sous le couvert d'un nom fictif, sous les traits d'un personnage. Il semble hésiter puis me confie : « Vous savez, très jeune, Jacques ne rêvait déjà que de devenir pilote. Il avait une idole, un as de la Grande Guerre, René Dorme. Il en parlait si souvent que nous avons fini par le surnommer

Dorme. On le taquinait : Dorme, tu as bien dormi ? À l'école, les camarades l'appelaient toujours ainsi. Lui, il en était plutôt fier. Les quelques lettres qu'il a envoyées du front, il les a toutes signées de ce surnom... »

Dans le train, je ferai défiler derrière mes paupières les étapes de la vie du pilote français : Espagne, Flandres, Pologne, Ukraine, Stalingrad, Alsib... Peu à peu, comme dans une lente accommodation optique, cette vie adoptera le nom de Jacques Dorme.

Dans la lettre que j'ai reçue deux ans après notre rencontre, le Capitaine disait quelques mots sobres et justes du livre que je lui avais envoyé, de ce roman où je racontais la vie d'Alexandra, où je rêvais plutôt de sa vie. Jacques Dorme n'y apparaissait pas. Le Capitaine avait sans doute vu dans cette absence le respect de notre accord. Je n'avais pas eu le courage de lui avouer que le pilote français était sacrifié car jugé « trop vrai pour un roman ». De même que ce vieux général, au milieu des steppes ensoleillées de la Volga...

Sa lettre était rédigée dans ce français précis et subtil dont l'usage devenait rare en France. Attentif à la finesse d'expression, je n'ai pas tout de suite discerné une légère ombre de regret embusquée dans ses paroles : l'approbation silencieuse de voir notre accord respecté et, en même temps, cet imperceptible regret de ne pas le voir rompu. Oui, il y avait dans ses lignes, entre ses lignes, l'espoir que par quelque tour de magie d'écriture, Jacques Dorme revive sans être, pour autant, livré à la curiosité paresseuse d'un pays qu'il n'aurait plus reconnu comme sien.

La contradiction que j'avais devinée dans sa lettre, cette

hésitation entre la peur devant l'oubli et le refus d'une mémoire divulguée, m'a suggéré alors ce genre sans prétention : la chronique où le seul artifice serait la fidélité au canevas nu des faits. Et le nom du pilote remplacé par son surnom.

J'ai repensé à cette humble tâche de chroniqueur un an plus tard, en rentrant de Berlin. Dans aucune autre ville, je n'avais vu autant d'efforts à commémorer le passé et une telle volonté triomphante d'écraser ce passé sous le chantier d'une capitale phénix. À vrai dire, je préférais cet écrasement brutal à ce qui se pensait et se disait en France. À l'ironie condescendante de cet historien dont, un jour, j'étais voisin sur un plateau de télévision. Avec un petit air de dédain moqueur il avait parlé des « campagnes picrocholines de Hitler ». Les participants avaient souri comme d'un bon mot et avaient repris le ping-pong verbal en notant l'inaction honteuse de la France et la rigueur de l'hiver russe qui heureusement avait barré la route aux nazis... Il aurait fallu leur répondre tout de suite, rappeler que ce Picrochole-là avait battu les plus puissantes armées du monde et se trouvait, près de la carotide de la Volga, à deux pas de la victoire décisive. Impossible d'intervenir, ça parlait dru. Le souvenir d'un geste m'était revenu alors : un pilote français déploie une carte géographique et recouvre l'hexagone violet de son pays avec une boîte d'allumettes, puis l'applique à la surface rouge de l'Union soviétique. Ce geste aurait été la meilleure réponse aux stratèges du plateau de télévision. Mais l'émission touchait déjà à sa fin, sur la remarque goguenarde d'un des participants : « À Stalingrad, un totalitarisme a tordu le cou à un autre, c'est tout! » Mieux que jamais je croyais comprendre, à ce moment-là, les réticences du Capitaine... Pendant qu'on nous démaquillait, quatre ou cinq jeunes femmes attendaient leur tour pour être grimées, maladivement excitées comme le sont souvent les invités dans l'antichambre de ces bazars médiatiques. Elles étaient romancières et allaient participer au débat : « La plume peut-elle tout dire du sexe? »

Le soir, après l'émission, j'avais relu cette vieille brochure, trouvée sur les quais. Imprimée sur un mauvais papier rêche et terne, elle avait été éditée trois mois à peine après la défaite de juin 1940 et rassemblait, sans en tirer de leçons historiques, les faits d'armes de la campagne de France. Une chronique fragmentaire, et de surcroît censurée par les Allemands, une suite de croquis saisis sur le vif : la défense d'un village, un corps à corps dans un bourg, la perte d'un bateau... Dates. Noms. Grades. Une guerre vue par des soldats et non pas celle rejouée un demi-siècle plus tard dans les livres d'histoire :

« Puis c'est une retraite en sept jours de combats continuels qui amène le régiment dans la région de Charmes. Quatre divisions françaises formées en carré et encerclées de toutes parts luttent là sans espoir. Le 18e d'infanterie a perdu plus de la moitié de son effectif...

« La lutte prend alors un caractère d'acharnement extraordinaire. On se bat à la grenade, en certains points à la baïonnette. Le capitaine Cafarel défend lui-même son poste de commandement, il est tué... Le 2e bataillon du 17e régiment de tirailleurs algériens a perdu dans ces deux journées : 12 officiers sur 15, tous ses sous-officiers sauf 4, les quatre cinquièmes de son effectif. Ils sont tombés en héros sans avoir reculé d'un pouce...

« L'effectif de la division est à présent réduit à quelques hommes. À 18 heures, l'ennemi qui veut en finir, lance une attaque en masse. Utilisant les munitions des blessés et des morts, les cavaliers de la 2e division résistent. Les mitrailleuses tirent leurs dernières bandes. L'ennemi est repoussé...

« Le torpilleur *Foudroyant* coule rapidement. L'étrave du navire demeure quelques minutes au-dessus de l'eau. Le commandant Fontaine, avec un cran magnifique, reste debout sur l'étrave, jusqu'à la disparition totale de son bâtiment... »

C'est cette nuit-là que la chronique de la vie de Jacques Dorme s'est véritablement mise à s'écrire en moi. Je savais qu'il me faudrait parler aussi de cet adolescent qui découvrait un pays où vivaient les quatre gentilshommes de la Guienne, et le soldat du dernier carré, et cet autre qui tombait sur les bords de la Meuse « quasi aussi gueux d'argent que lorsqu'il s'en était venu à Paris ». Trente ans après, ils étaient très proches, dans mon esprit, du capitaine Cafarel, du commandant Fontaine, du 2e bataillon du 17e régiment de tirailleurs algériens.

Je suis revenu dans la ville de Jacques Dorme une semaine après mon retour de Berlin. Mon projet était d'y passer cette fois-ci plusieurs jours, en m'installant dans un hôtel, pour avoir le temps de restituer la ville d'autrefois comme on restaure une mosaïque avec, en guise d'éclats d'émail, cet arbre centenaire près de l'église taguée, l'enseigne d'une boulangerie, ces lettres fleuries qui n'avaient pas bougé depuis l'entre-deux-guerres, la perspective d'une rue qui échappait à la laideur des disques paraboliques. Je pensais pouvoir recomposer, ne serait-ce que le temps d'un regard, ce que Jacques Dorme voyait dans sa jeunesse, ce qui était sa ville natale, sa patrie.

J'ai appelé le Capitaine plusieurs fois sans retrouver ni sa voix ni celle de Liên. Se taisait aussi la ritournelle de leur répondeur dont la politesse ironique m'avait autrefois fait sourire. Si j'avais dû imaginer ces instants dans l'intrigue d'un roman, j'aurais probablement parlé d'inquiétude croissante, d'interrogations... En réalité, ma première pensée fut celle de la mort. Et l'émotion la plus vive à cette pensée n'était pas le chagrin, ni même le remords d'avoir tardé et perdu mon temps à ces futilités qui entourent d'habitude la sortie d'un livre. Non, c'était la sensation de mutité. Comme si la langue dans laquelle nous parlions avec le Capitaine n'avait plus été parlée par personne.

Dans le train, je me disais que cette impression de parler une langue disparue était celle qu'Alexandra avait dû éprouver durant toute sa vie russe.

Rien ne trahissait la mort dans l'allée de la Marne. On devinait juste l'absence, le vide derrière les volets fermés du numéro seize. La porte du garage était recouverte de gribouillis luminescents qui, le temps passant, avaient perdu leur agressivité. Les bouts de fil de fer qui fixaient aux barreaux de la grille la pancarte « à vendre » étaient rouillés. Mais aucun papier ne débordait de la boîte aux lettres. Je me suis retourné en entendant la voix qui m'était connue : c'était la voisine, du numéro onze, que j'avais prise pour une ancienne cantatrice. « C'est moi qui ramasse toute la publicité, il le faut, sinon ils y mettent le feu, comme on l'a fait à mon voisin d'en face... » Elle a ouvert la boîte, retiré un prospectus. Elle avait parlé de « ils » sans aucune rancœur, avec résignation plutôt, comme on parle du mauvais temps dans cette contrée du Nord.

« Liên est partie au Canada. Elle pense s'installer là-bas, près de sa sœur... » Nous traversions la rue en biais, du numéro seize au numéro onze. La « cantatrice », croyant que j'étais au courant, n'a plus dit grand-chose, juste quelques mots sur le départ de Liên qui emportait les cendres de son mari.

Resté seul dans l'allée de la Marne, j'ai imaginé très intensément ces dernières minutes avant le départ. Le visage de Liên, ce masque pâle, sans expression, et la force de cette fixité asiatique qui disait sa peine mieux que ne l'auraient fait des traits torturés par la douleur. Je la voyais descendre du perron, fermer la grille, prendre le volant...

Au carrefour qu'elle avait traversé, je me suis arrêté. À travers l'opacité humide du crépuscule, les réverbères s'emplissaient d'un bleu laiteux. Dans une cabine téléphonique aux portes cassées un combiné pendait, intact, et on entendait un chuintement de voix, comme si quelqu'un avait pu encore appeler là. Le vent soulevait les pages brûlées d'un annuaire.

Au milieu de l'enfilade des maisons bordant l'allée de la Marne, je pouvais distinguer la grille du numéro seize. J'ai pensé que pour comprendre le pays de Jacques Dorme cette centaine de mètres suffisait, la distance entre la maison qu'un soldat vient de quitter et ce carrefour où il se retourne pour jeter un dernier regard sur ceux qui resteront à l'attendre.

... Dans son envol, l'hélicoptère gîte fortement et j'ai le temps d'apercevoir la maison du Bord, la lumière dans les fenêtres de la cuisine. Il me semble que le pilote jette aussi un coup d'œil sur cette lueur. Peut-être la toute dernière lueur jusqu'à l'océan Arctique, me dis-je, et j'ai peine à mesurer l'infini blanc qui s'ouvre devant nous et qui, dans un ample souffle glacé, aspire notre léger cockpit telle une bulle d'air tiède.

Le vide inentamé de la chaîne Tcherski.

L'altitude des sommets grandit imperceptiblement, on le constate à la disparition des petites rayures sombres, des troncs nains qui, il y a quelques minutes encore, parvenaient à s'accrocher à cette extrême limite de la toundra. Plus haut, il n'y a que deux matières, la glace et le roc. Et deux surfaces : des plateaux couverts d'une neige dure comme du granit et les cassures nues des crêtes.

C'est sur l'un de ces plateaux qu'après une heure de vol, nous atterrissons. Le terrain paraissait très vaste, vu du haut, mais à la descente il s'est encastré entre deux parois blanches, devenant une longue faille au milieu des escarpements glacés.

J'aide les deux Lev à sortir leur matériel, à l'équilibrer sur un petit traîneau plat.

« Combien de pétards vous avez ? » leur demande le pilote. Le grand Lev s'embarrasse dans le décompte. Le petit s'écrie avec l'air zélé du boy-scout : « Douze, chef. On commence avec le soleil et on aura fini avant le coucher. Après, juste le temps de rembarquer. » Le soleil ne s'est pas encore levé. Il va rester une heure trente-cinq, aujourd'hui, m'explique le pilote... Les géologues s'en vont en direction d'un versant qui s'élève en gradins inégaux. Un bras tendu vers un renfoncement rocheux, le pilote m'indique le chemin. Il faudra contourner la barrière d'un glacier, quitter la vallée, longer un étroit plateau jusqu'à ce que le sommet, qui paraîtra d'abord d'un seul bloc, ne se divise en trois pics nus : le Trident...

« Ils ont douze charges aujourd'hui, nos bombardiers. Vous entendrez donc douze explosions. Comptez-les bien. À la dernière, revenez sans tarder. Ils auront encore leurs cailloux à ramasser et on partira tout de suite. On ne pourra pas vous attendre... »

Je m'en vais, en jetant plusieurs coups d'œil sur les créneaux des montagnes autour de notre terrain d'atterrissage, essayant de retenir quelques points de repère. Le ciel est déjà presque clair, le soleil se lèvera dans une demi-heure... Au moment de contourner le rocher creusé d'une grotte de glace et de perdre de vue le terrain, j'entends la première explosion.

L'écho de la septième, multiplié par la montagne, me parvient à l'instant même où se découvre un sommet rocheux, massif, d'une densité argentée. Ses contours font penser à un grand silex laiteux, grossièrement taillé par les vents. Je consulte ma montre : le soleil s'est levé déjà depuis vingt minutes. « S'est levé » signifie qu'il glisse au ras de l'horizon, invisible derrière les crêtes, avant de disparaître pour une nuit longue de plus de vingt heures.

Le sommet, comme toutes les montagnes dont on s'approche, semble reculer, ma progression s'enlise dans ce temps qui me repousse, me retarde comme la neige dure sur laquelle je patine. La huitième explosion est suivie presque immédiatement par la neuvième, on dirait son écho. Et le sommet est toujours d'un seul bloc. Ce n'est peut-être pas le Trident, après tout. Je regarde autour de moi : trois ou quatre pics s'élèvent presque dans la même direction.

L'écho de la dixième explosion me rattrape, il est déjà d'une matité assourdie, donnant la mesure de la distance parcourue. Le soleil, invisible, est dans le ciel depuis trois quarts d'heure. J'allonge le pas, j'essaye de courir, je tombe. Le sol neigeux que je repousse pour me relever a la rugosité sèche de l'émeri.

Soudain, deux fines incisions de lumière raient le sommet. Sa surface qui paraissait plane se sculpte en facettes, en côtes, en cavités où sommeille une ombre violette, épaisse. Le soleil a jailli à travers quelque faille secrète, une percée qui laisse vivre cette brève projection lumineuse. La charge suivante explose très loin. L'enfilade des échos est encore plus longue qu'avant. La onzième ? Ou déjà la douzième, la dernière ? Je ne sais plus si j'ai bien compté. Je me rappelle les paroles du pilote : « On ne vous attendra pas. Sinon, dans le noir, je charcute toute cette pierraille avec mon rotor. » Je me mets à courir, les yeux sur le sommet, je glisse plusieurs fois, le sol n'est plus immobile, le vent chasse de longs filaments de poudrerie. À chaque pas, pourtant, le changement est perceptible. Les rais de lumière s'élargissent, divisent la montagne en trois immenses cristaux, brisent sa cime. Cela ne ressemble pas à un trident mais plutôt à l'aile rompue d'un oiseau. Je bute contre une montée, je m'arrête, la respiration écorchée au sang par le froid. La coulée grisâtre d'un glacier barre la voie. Je scrute les trois pans éclairés de la montagne : la pierre est à peine blanchie de givre, la neige, rare dans ces contrées aux hivers secs, ne parvient pas à s'accrocher aux parois lisses. Des à-pics, des failles, des créneaux géants où des névés s'accumulent, à peine remodelés par les millénaires. Et les gerbes de soleil qui commencent déjà à ternir. Rien d'autre. Rien...

Soudain je vois la croix de l'avion

Deux traits sombres croisés sur le daim clair du givre. Ils sont non pas dans les triangles illuminés du sommet, mais bien plus bas, à la base de ce faisceau. La silhouette de l'avion est facilement reconnaissable, c'est un appareil qui ne s'est pas désagrégé dans un crash mais, en essayant d'atterrir, s'est incrusté dans la roche et y est resté, soudé à cette montagne, à son désert arctique, à ses nuits sans fin.

Aucune pensée ne se dit en moi. Aucune émotion. Même pas la joie d'avoir atteint le but. Seule la certitude de vivre l'essentiel de ce que j'avais à comprendre.

La percée du soleil faiblit. Mais l'avion est toujours visible. Je vois même l'éclat du cockpit. Sous son verre se devine un reflet de vie. Une vie silencieuse, concentrée sur un passé dont il ne restera bientôt plus rien sur cette terre. La vie que nos mots appellent maladroitement tantôt la mort, tantôt l'oubli, tantôt le souvenir des hommes.

Me vient alors à l'esprit la parole du grand vieil homme qui a tenté de dire cette vie et la distance qui nous sépare d'elle : « ... ils regardent le Ciel sans blêmir et la Terre sans rougir ». Dans un passé longuement rêvé et soudain présent, un aviateur saute de son cockpit et se dresse près de l'avion, une main posée sur le tranchant d'une aile. Je suis infiniment proche de son silence, je devine le sens de son regard porté sur la Terre. Une vieille maison en bois perdue au milieu des steppes, une nuit de guerre, les paroles lentes d'une femme, les premières vagues d'un orage de printemps, un bref amour dont l'éternité s'égrène dans la chute des perles d'un collier rompu...

L'écho de l'explosion est long et ses répliques font vibrer une onde prolongée et de plus en plus décantée. Une sonorité qui s'affine jusqu'à l'impression de résonner au-delà de nos vies, dans un lointain dont cette journée arctique n'est qu'un reflet fugace. Ici, les notes de l'écho s'épuisent, s'effacent sous le crissement des aiguilles de glace que le vent balaie sur le sol. Mais là-bas, l'homme dressé près de son avion les entend toujours. Un long chant d'adieu, un chant de lumière.

Le rai du soleil s'est éteint depuis un moment, la croix de l'avion se fond dans le blêmissement rapide de la nuit. Les rafales commencent à estomper le contour des montagnes. Je ne verrai pas les balises des rochers remarquées à l'aller. Pourtant la vibration du dernier écho semble survivre encore entre les sommets. Une corde très ténue qui résiste au vent. Je la sens osciller très profondément en moi.

Il me faudra tout simplement ne pas cesser de l'entendre pour retrouver le chemin.

Édition exclusivement réservée aux adhérents du club
Le Grand Livre du Mois
15, rue des Sablons
75116 Paris
réalisée avec l'aimable autorisation des Éditions du Mercure de France

*Cet ouvrage a été composé
et achevé d'imprimer par la
Société Nouvelle Firmin-Didot
à Mesnil-sur-l'Estrée, le 5 mars 2003.
1er dépôt légal : décembre 2002.
Dépôt légal : mars 2003.
Numéro d'imprimeur : 63222.*

ISBN 2-7028-8102-5/Imprimé en France.